마지막 담배

Die letzte Zigarette by Bruno Preisendörfer
Originally published in Germany under the title "Die letzte Zigarette"
by Eichborn Verlag ⓒ Eichborn AG, Frankfurt am Main, 2006.
All rights reserved.
Korean translation copylight ⓒ 2007 by Dulnyouk Publishing Co.
Korean edition is published by arrangement with Eichborn AG
through Eurobuk Agency.

illusionist 세계의 작가 005

마지막 담배
ⓒ 들녘 2007

초판 1쇄 발행일	2007년 12월 10일
지은이	브루노 프라이젠되르퍼
옮긴이	안성찬
펴낸이	이정원
책임편집	신문수
펴낸 곳	도서출판 들녘
등록일자	1987년 12월 12일
등록번호	10-156
주소	경기도 파주시 교하읍 문발리 파주출판단지 513-9
전화	마케팅 031-955-7374 편집 031-955-7381
팩시밀리	031-955-7393
홈페이지	www.ddd21.co.kr

값은 뒤표지에 있습니다. 잘못된 책은 구입하신 곳에서 바꿔드립니다.
ISBN 978-89-7527-603-3 (04850)
      978-89-7527-600-2 (세트)

마지막 담배
어느 사랑의 이야기

브루노 프라이젠되르퍼 지음 / 안성찬 옮김

들녘

친애하는 남녀 고객 여러분!

이 상품을 구입해주셔서 감사합니다. 『마지막 담배』는 정성을 다해 제조되어 여러 차례의 품질관리 공정을 거쳤습니다. 순수한 즐거움을 누리시기 위해, 고객 여러분께서는 이 제품이 소설이라는 점에 유념해주시기 바랍니다. 이 안에 들어 있는 내용은 밀리그램 단위의 타르, 니코틴, 일산화탄소의 양에 대한 것 외에는 모두 자유로운 상상에서 나왔음을 알려드립니다. 담배를 끊을 생각이시라면 지금 즉시 시작하셔도 좋습니다. 다만 이 책에 적혀 있는 지시 사항을 따라주시기 바랍니다. 다음과 같은 흡연기호가 나올 때만 담배를 피워주십시오.

---- ~

담배를 피우는 동안에는 독서를 중단해주십시오. 그러고 난 후 주의를 기울여 다시 독서를 계속하십시오. 표시가 되어 있지 않는 한 책장을 다음으로 넘기거나, 단 한 줄이라도 건너뛰어서는 안 됩니다. 그 외에 다음 사항을 유의해주십시오. 흡연은 당신의 생명에 치명적일 수 있습니다.

그것은 당신과 당신 주위의 사람들에게 심각한 해를 끼치고, 피부노화, 혈액순환장애, 동맥경화, 심장마비, 뇌졸중, 발기불능을 초래하며, 임신 중에는 태아의 건강을 해칩니다.

이 책을 다 읽고 난 후에도 여전히 담배를 피우게 될 경우엔 다음 지시사항을 따르십시오.

> 금연에 도전할 생각이라면
> 의사나 약사에게
> 도움을 청하십시오.

담배를 피우지 않는
나의 누이 앙겔리카와 에디트에게 바친다.

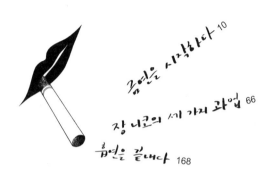

금연을 시작하다

사람들이 담배에서 행복을 느끼는 이유는 거의 비슷하다. 반면 불행을 느끼는 이유는 가지각색이다. 그들은 연기의 쇠사슬에 묶여 마법사 지니와 절망적인 싸움을 벌인다. 이들은 그의 포로가 되길 자처한 사람들이다. 목숨을 빼앗기는 한이 있다 해도 결코 그를 멀리하지 못한다. 어떤 이들은 금연을 실행에 옮기기 전 유사시를 대비해 담배 몇 개비를 숨겨 놓는다. 한밤중에 담배자판기 앞으로 달려갔으나 남의 속도 모르는 기계가 동전을 계속 토해내기만 할까봐, 동전을 살살 굴려 넣어도, 분노에 찬 주먹으로 철갑 통을 두들겨대도 아무 소용이 없을까봐 두려운 탓이다. 그런가 하면 제대로 시작하기도 전에 금연 결심을 수포로 만드는 사람들도 있다. 이들은 배급경제 상황으로 도피해서 일용할 배급량을 정해 놓고는 흡연의 마지노선을 사수하고자 한다. 물론 이를 악물고 고통을 참아내는 부류도 많다. 하지만 그들 역시 니코틴 없는 광야에서 헤맨 지 겨우 사십일 만에 담뱃재를 묻힌 자신을 질책하면서 처절한 심정으로 재를 머리에 털어버린다.

금연을 꿈꾸는 골초들은 대개 아주 일찍부터 담배를 피우기 시작한 사람들이다. 거기 비하면 나는 흡연계 입문이 늦은 편이었다. 열일곱 살 때 처음으로 담배를 피웠으니까. 내 친구들 가운데는 열두 살부터 담배를 피기 시작했다가 열일곱에 벌써 그 끔찍한 금연 시도를 경험했던 아이들이 많다. 그런 친구들은 대부분 열 살 때부터 이미 흡연의 시조 '코만치 부족'(comanche, 북아메리카 인디언의 한 부족, 여기에서는 인디언 흉내를 내며 흡연을 즐기던 남학생들을 가리킴–옮긴이)에 소속되어 있었다. 스쿼(squaw, 북아메리카 인디언 여성. 여성을 비하하는 속어로도 쓰이나 여기서는 여학생을 가리킴–옮긴이)에게는 접근이 금지된 이들 코만치 부족의 회합장소는 — **친애하는 여성독자**들께서는 이런 과거지사를 시시콜콜 묘사하는 게 따분하겠지만, 인내심을 발휘해 끝까지 읽어주시기를 바란다 — 아래 쪽 강가에 있었다. 그곳에 전사들이 모여 마른 갈대를 자른 후, 위대한 인디언원로가 불을 붙여주면 돌아가며 피웠다. 이때 가장 중요한 일은 맵고 뜨거운 연기를 빨아들여 코에서 작은 구름이 뿜어 나오는 것을 사람들이 분명히 볼 수 있게 해야 한다는 점이었다. 이걸 제대로 해내지 못하면 신분상승의 기회

따위는 꿈도 꿀 수 없었다. 하지만 문제는 갈대 줄기의 길이였다. 너무 짧아지기 전에 제 차례가 와야 눈곱만큼이나마 식은 연기를 빨아들일 수 있었기 때문이다. 첫 번째 흡연자는 물론 추장이었고, 그 다음이 부추장이었다. 그 다음으로 하급대장들이, 마지막에는 일반 전사들이 갈대를 넘겨받았다. 신분이 낮아질수록 갈대 줄기의 길이는 더욱 짧아졌고, 연기는 더욱 뜨거워졌다. 처음이자 마지막으로 내가 코만치 전사가 되어볼까 시도했던 그날, 나는 그만 입을 데었고 저녁 내내 입천장에 생긴 물집들을 혀로 꾹 누르고 있어야 했다. 나는 울면서 어머니에게 달려가 모든 것을 고백하지 않으려고 엄청난 의지력을 발휘해야 했다. 만일 그랬더라면 교육을 빙자한 코만치들의 습격을 받았을 것이고, 평생 고자질장이라는 낙인이 찍혔을 것이다. 그런 꼴을 당하느니 입천장의 화인을 감춘 채 새살이 돋아날 때까지 버티는 편이 훨씬 나았다.

굴욕감 때문에 쉽사리 잠을 이룰 수 없었던 그날 밤 나는 급기야 오늘날의 내 존재를 규정하게 된 중대 결정을 내렸다. 현실 세계에서 코만치처럼 살지 못하는 대신 소설을 쓰기로 결심한 것이다. 철학자들과 문학평론가들은 소설 속의 현실을 일컬어 '허구'라고들 한다. 아리스토텔레스도 『시학』에서 그렇게 말한 적이 있고, 여류 문학평론가 엘케 하이덴라이히도 텔레비전에서 그런 말을 했다. 그들이 뭐라고 떠들었든 내가 생각하는 허구와 현실의 차이는 분명하다. 허구 속 현실은 결코 아프지 않다는 것이다.

그날 밤 이후, 나는 작가가 되고 싶다는 꿈을 품었고 유감스럽게도 그 꿈은 이루어지고 말았다. 이루어진 꿈은 응답 받은 기도처럼 사람을 실망시키는 구석이 있다. 소망은 그것이 이루어지는 순간에 가정법에서 완료형으로 바뀌어 버리는데, 이것이 소망을 품었던 사람에게 실망을 불러일으키는 것이다. 작가가 되는 꿈도 마찬가지다. 환상 속의 작가, 혹은 소설 속의 작가는 현실의 작가와 전혀 다른 존재다. 사실 현실 세계에서는 글쓰기만큼 따분한 일도 없다. 즐거움은 전적으로 독자의 몫이다. 작가는 글을 써내려가면서 **친애하는 여성독자**가 자신의 글에 미소를 보내오거나 **경애하는 남성독자**가 어깨를 두드리며 격려해줄 것을 기대한다. 그러나 대부분의 독자들은 그저 침묵 속에 몸을 감춘 채 이야기가 계속되기만 기다린다.

내 첫 소설의 제목은 『여명』이었다. 칼 메이(인디언 소설로 필명을 날린 독일의 대표적 대중소설 작가─옮긴이)의 『은빛 호수 속의 보물』을 본뜬 작품이었는데, 제목은 내 것이 훨씬 나았다. '여명'이란 단어는 뭔가 끔찍한 것을 암시하는 데 적격이다. 소설은 이렇게 시작한다. 목조건물이 늘어선 서부 어느 마을에 말을 탄 사내 하나가 먼지를 자욱이 일으키며 광장으로 들어선다. 말은 천천히 걸음을 옮기고 있다. 전구全軀 — 내가 이러한 전문용어를 구사했다는 데 대단한 자부심을 느꼈다 — 가 마비되었기 때문이다. 광장 한가운데에서 말이 멈춰 선다. 하지만 남자는 말에서 내리지 않는다. 그는 모자를 깊이 눌러쓴 채, 입에 불 꺼진 여송연 — 실은 피워 본 적이 없던 터라 그냥 '여송연'이라고 쓰는 우를 범했던 — 을 물고 있다. 태양이 떠오르는 것이 끝나자 — 문학적 경험이 미숙했던 탓에 이렇게 밖에 표현하지 못했다 — 보안관이 말을 타고 다가온다. 그는 라이플소총을 휘두르며 사내에게 벌금쪽지를 들이댄다. 광장에 말을 세우는 것이 금지되어 있기 때문이다. 이방인은 아무 대꾸도 하지 않는다. 보안관이 분노를 터뜨리며 사내 바로 옆으로 말을 몰아간다. 그리고 이방인의 어깨를 움켜잡는다. 사내의 몸이 한쪽으로 기울더니 스르르 미끄러진다.

소설의 시작부분에서 주인공을 죽게 만든 것은 서툰 짓이었다. 나의 뮤즈도 나만큼이나 초보자였던 모양이다. 카우보이가 말에서 내려온 후 나는 어떻게 이야기를 풀어나가야 할지 막막해졌다. 나는 비어 있는 노트에 커다란 글씨로 '여명'이란 단어를 멋지게 휘갈겨 쓴 후, 밑줄을 그었다. 그리고 그 아래 내 이름을 써넣었다. 책표지를 완성한 후, 책의 나머지 부분은 미완성으로 남겨두었다. 『여명』은 바라건대 앞으로도 한참 계속될 작가로서의 내 커리어를 장식할 미완성 소설 시리즈의 신호탄이었고, 여전히 내가 가장 아끼는 소설이다. 이 원고를 초보 작가들이 치르는 분서갱유의 희생물로 만든 것을 나는 요즘 후회하고 있다.

내 마지막 담배도 결국 불에 타 없어질 것이다. 그러나 마지막 담배라는 이름을 붙인 이 소설만큼은 결코 그렇게 되지 않길 바란다. 나는 이 소설을 탈고하고 담배를 끊을 작정이다. 이 책의 독자들 중 **친애하는 여성 흡연자**들과 **존경하는 남성 흡연자**들도 — 비흡연자인 독자들을 차별하는 것은 물론 아니다 — 나와 함께 금연의 대오에 합류하게 될 것을 확신한다. 하지만 나는 마지막 담배를 태우게 되는 순간을 내게 주어진 모든 문학적 수단을 다해 뒤로 미루고자 한다. 대신, 독서를 하는 와중에 담배를 피울 수 있게끔 휴식 시간을 충분히 제공할 것이다.

---- ~

지난 날 코만치놀이를 하던 친구들은 열두 살이 되자 니코틴과 정력 사이의 상관관계를 알게 되었다. 당시 우리들은 정력이라는 단어가 무엇을 의미하는지 잘 이해하지 못했다. 사전에도 이 단어가 '남성적 힘'을 뜻한다고 간단하게 정의되어 있을 뿐이었다. 우리는 니코틴 문제에서는 여전히 서투른 게 많았지만, 정력과 관련된 일에는 커다란 열성을 쏟았다. 철부지 소년들이 수염이 거뭇거뭇한 청년으로 자라나게 되면, 니코틴과 정력 사이의 갈등관계도 성

적 침착성에 자리를 내주기 마련이다. 스페인의 영화감독 루이스 부뉴엘이 그의 자서전에서 다음과 같이 고백했던 것처럼 말이다. "지난 몇 년간 나는 성욕이 조금씩 감소되는 걸 체험했다. 성욕은 이제 내 내부에서 완전히 소멸되어 버렸다. 내게는 이것이 매우 다행스러운 일이다. 폭군에게서 해방된 것이나 마찬가지다. 만일 메피스토펠레스가 나타나 내게 정력을 되돌려주겠다고 제안한다면 나는 이렇게 대답할 것이다. '고맙지만 사양하겠소. 나는 그런 것에 전혀 관심이 없으니까 말이오. 그 대신 술과 담배를 마음껏 즐길 수 있도록 내 간과 폐나 튼튼하게 해주시오.'"

『마지막 담배』는 에로틱한 소설이 아니라 낭만적인 소설이다. 18세기의 프랑스 철학자 장 자크 루소는 '에로틱한 소설은 두 손을 사용할 필요 없이 한 손으로 들고 읽기에도 충분하다'고 말했다. 그러나 이런 정의는 19세기에 궐련이 발명되면서 설득력을 잃었다. 흡연자들은 어떤 책을 읽든 한 손만 사용하기 때문이다. 심지어 금연에 관한 책을 읽을 때도 그렇다.

코만치놀이를 하던 친구들에게는 흡연이 문화적 과제였다. 여자아이들 역시 흡연을 교양과목의 하나로 여겼다. 선생님들의 감시와 통제가 엄격해질수록 그들은 더욱 열성적으로 화장실에 숨어들었다. 여자아이들은 이렇게 조심성과 민첩성을 익히고 상황판단능력을 연마해 나갔다.

하지만 어린 시절 화상을 입었던 나는 쉽사리 동참할 수 없었다. 학급친구들 대부분이 그런 식으로 인생을 배워나갈 때 나는 껌담배로 아쉬움을 달랬다. 정 아쉬울 때면 여동생의 초콜릿담배를 이용했다. 믿을 수 없는 얘기지만, 내 여동생은 아직까지 담배를 한 번도 피워본 적이 없다. 아직까지! 말이다. 하지만 초콜릿담배를 핥으며 자란 아이들이 성인이 되면, 그러지 않았던 아이들에 비해 흡연자가 될 확률이 두 배나 더 높다는 통계가 있다. 이런 이유 때문에 세계보건기구는 〈담배 규제를 위한 국제협약〉 제16조에서 초콜릿담배를 흡연의 전 단계로 간주해 금지할 것을 권했다. 그럼에도 불구하고 초콜릿담배 마니아였던 내 동생은 아직까지 단 한 번도 담배를 손에 대지 않았다.

---- ～

---- ～

껌담배를 애용하고, 때로는 내 여동생의 초콜릿담배에 손을 대기도 했지만, 열두 살에서 열여섯 살까지의 시기는 내 흡연 인생의 유일한 공백기였다. 내 인생을 통틀어 얼마나 많은 분량의 니코틴이 내 폐를 통과했는지 나는 알지 못한다. 하지만 하루에 한 갑 이상을 넘긴 적은 없다. 나는 그저 이런 고백을 함으로써, 자신과의 지난한 투쟁 끝에 담배 소비량을 하루 두 갑 반에서 두 갑으로 줄인 의기양양한 흡연자들에게 멸시 받지 않기를 바랄 뿐이다.

어린 시절부터 초콜릿담배에 만족하면서 흡연과 거리를 둔 내 동생 같은 부류가 있는가 하면, 생물학적 개념대로 '열성 흡연자'로 분류할 수 있는 사람들도 있다. 그 둘 사이엔 제각기 색깔을 달리하는 수많은 흡연자들이 존재한다. 이 다양한 스펙트럼의 흡연자 동물군을 체계적으로 분류하려면 또 한 사람의 린네(스웨덴의 생물학자—옮긴이)가 필요할지도 모른다.

린네는 담배를 감자·토마토·피망 같은 야간성장식물로 분류하고 니코티나 타바쿰nicotina tabacum이라는 학명을 붙였다. 16세기 중반, 유럽에 담배를 널리 보급시키는 데 공헌했던 프랑스 외교관 장 니코Jean Nicot를 기리기 위해서였다. 장 니코는 담배가 건강에 도움을 주는 약용식물이라고 생각했다. ----～

나는 평균적인 흡연자에 속한다. 이따금 술을 마실 때만 평상시보다 좀 더 많은 담배를 피울 뿐이다. 아침식사 전에 피우는 담배에서 기쁨을 누리는 일 따위는 거의 없고, 이를 닦은 후 잠자리에 들어 치약의 여운이 남아 있는 담배 맛을 즐기는 경우는 더욱 없다. 나한테 익숙하지 않은 게 하나 더 있다. 모험과 거리가 먼 작가로 살아오면서 그나마 모험적인 일에 종사했던 신문기자 시절의 일이다. 당시의 직장 동료들은 카페인과 니코틴을 사용한 다이어트법을 즐겼다. 내가 열두 시에서 오후 두 시 사이에 다른 수많은 직장인들처럼 이리저리 부대끼며 구내식당으로 이동할 때, 몇몇 동료들은 점심 대신 설탕도 넣지 않은 블랙커피를 홀짝거리며 천재성을 뿜어내듯 줄담배를 피워대곤 했다. 자기학대도 매우 창조적일 수 있다는 것을 입증하려는 듯 말이다.

---- ~

달콤한 식후 흡연을 위해 금연구역인 식당을 벗어나 사무실로 되돌아올 때마다 나는 그들이 사진 밑글을 이미 완성해 놓았거나 뛰어난 헤드라인을 작성해 놓은 걸 발견하곤 했다.

나는 또 담배에 관한 머피의 법칙을 실험해 보는 데 관심이 별로 없었다. 버스가 오지 않아 담배에 불을 붙이면 그새 버스가 정거장으로 진입하더라는 식의 것들 말이다. 하지만 막 피워 문 담배를 하이힐 뒤축으로 비벼 끄는 모습이 가장 섹시하다는 데에는 나 역시 동감했다. 내가 사랑했던 여인들, 지금의 내 아내, 심지어 흡연의 달인이었던 내 전처도 그와 같은 하이힐 의식을 충실히 지켰다. 다행스럽게도 이들은 모두 아직 살아있다. 불화와 갈등도 있었지만 나는 그녀들과 여전히 친구관계를 유지하고 지낸다. 이따금 만나 커피를 마시기도 하고 와인을 들기도 한다. 그들은 모두 한때, 일시적으로나마, 금연을 하거나 담배를 줄이는 데 성공한 적이 있다.

멜라니

---- 〜

사반세기 전 내가 그녀와 사랑에 빠졌을 때, 그녀는 향기로운 자바산 용엔스 클래식B Javaanse Jongens Classic B,(두껍게 마는 경우 타르 10mg, 니코틴 0.6mg, 일산화탄소 1.1mg)를 하루에 열 대 정도 필터 없이 직접 말아 피우곤 했다. 결실을 맺지 못한 우리의 관계가 지속되는 동안 그녀의 흡연량은 두 배로 늘어났다. 하지만 그게 반드시 내 탓만은 아니다. 그냥 좋은 친구로 남자고 결정한 뒤에도 — 그때까지의 관계도 그 이상은 아니었지만 — 그녀의 흡연량은 계속 늘어났고, 그 후 몇 년 사이 하루 50개비가 넘는 담배를 피우기에 이르렀기 때문이다. 물론 그 무렵 멜라니는 필터를 끼운 담배를 피웠다. 그녀의 집은 담배 마는 기계, 원료창고, 상품창고 등을 구비한 작은 담배공장과 다름없었다. **친애하는 여성독자**들이 신선한 과일을 담아두는 데 쓰는 아름다운 도자기 그릇에는 담배용 필터가 수북이 쌓여 있었다. 구두상자에는 수백, 아니 수천 장에 달하는 담배 종이가 들어 있었고, 냉장고 안의 과일 칸에는 자바산 연초가 잔뜩 보관되어 있었다. 과일 칸은 연초를 가장 신선하게 보관할 수 있는 장소였다. 그녀는 손수 만 담배들을 담뱃갑 두 개에 가지런히 넣어두었다. 그러기 위해 먼저 담배를 사서 부지런히 피운 다음 담뱃갑을 비워

냈다. 외출할 때도 그녀는 미리 말아놓은 담배 외에 한 통의 연초와 담배 종이를 가지고 다녔다. 만일의 사태에 대비하기 위해서였다. 재고품이 떨어지면 그녀는 손으로 직접 담배를 말아 피웠다. 담배 모양이 어찌나 근사하고 단단했는지 절로 감탄이 나올 정도였다. 멜라니는 우리 할아버지가 소련의 포로수용소에서 그랬던 것처럼, 호주머니 속에서 한 손으로 담배를 말 수 있었다. 어느 날, 그녀는 놀랍게도 용엔스 담배를 버리고 말보로*Marlboro(10mg, 0.8mg, 10mg)*로 전향했다. 그 후 그녀는 말보로 *라이트Light*로, *골드Gold*로, *울트라Ultra*로 조금씩 단계를 낮추다가 얼마 전에는 *실버Silver(3mg, 0.3mg, 4mg)*에 맛을 들였다. 몇 번의 저울질을 끝에 그녀는 결국 울트라에 정착했고, 조금씩 흡연량을 줄여나가는 방식으로 니코틴 중독을 경감시키려 애쓰고 있다.

카르멘

----〜

까마귀 깃털처럼 짙고 푸른 긴 머리칼과 구리빛 피부, 끝이 살짝 올라간 관능적인 눈매. 프로스페르 메리메의 소설 속에 묘사된 카르멘의 모습이다. 비제의 오페라에서 카르멘은 세비야의 담배공장에서 일하는 여공으로 등장한다. 제1막에서 그녀는 담배를 피우며 무대 위를 맴돌면서

"연인들의 가장 부드러운 속삭임은 담배연기, 연인들의 열정과 맹세는 담배연기"라고 노래 부른다. 카르멘이 관능적인 몸짓과 목소리로 이 노래를 부르기 시작하면, 관객석에 앉은 흡연자들은 참을 수 없는 흡연욕구에 괴로워하며 팔걸이를 질끈 부여잡고 입맛을 다신다. "연인들의 가장 부드러운 속삭임은 담배연기, 연인들의 열정과 맹세는 담배연기."

나의 연인이었던 카르멘은 까마귀 깃털 빛깔의 머리칼을 지니지 않았고, 담배공장에서 일하는 여공도 아니었다. 그녀는 도서관에서 일했고 매우 박식했다. 금발에 푸른 눈을 지닌 귀여운 여인이었다. 둥근 얼굴 아래 풍만한 가슴에는 주근깨가 박혀 있었다. 내가 카르멘이 피우는 *던힐 멘톨Dunhil Menthol*(10mg, 0.8mg, 10mg)에 관심을 보일 때마다 그녀는 기꺼이 자기 것을 나누어 주었다. 부드러운 마음씨를 지닌 여자였다. 박하담배의 향을 맡으면서 나는 종종 어린 시절 입에 물었던 껌담배를 떠올렸다.

어느 날이었다. 그녀가 열흘 이내에 담배를 끊겠다고 폭탄선언을 했다. 지성적인 사람은 담배를 피우지 않는다는 게 이유였다. '자신의 인생을 통제하지 못하는 멍청하고 뚱뚱한 금발여자'가 되기 싫다는 말도 덧붙였다. 나는 경악했다. 마른하늘에 날벼락이 따로 없었다. 갑자기 카르멘이 낯설어졌다.

"오, 제발. 카르멘. 이건 정말 경악할 일이야. 딴 사람 같아!"

나는 내 느낌 그대로를 그녀에게 말했다. 하지만 그녀는 아랑곳하지 않았다. 부드러운 얼굴은 온데간데없었다. 내 눈앞에는 이제 메리메의 소설에 나오는 까마귀 깃털 빛깔의 집시여인만 있을 따름이었다. 이어진 논쟁에서 나는 철저하게 패배했다. 그 후 그 어떤 것과도 비교할 수 없는 카운트다운이 시작되었다. 그녀가 스스로 정한 기간은 단 열흘이었다. 날짜 수가 줄어들 때마다 그녀의 흡연량도 폭발적으로 증가했다. 남은 기간 동안 10년 치의 담배를 몽땅 피워버릴 태세였다. 그녀의 방, 옷, 머리카락, 몸 전체에서 박하와 담배가 혼합된 냄새가 풍겼다. 나는 그토록 무섭고 격렬하게 담배에 손을 뻗치는 인간을 본 적이 없다. 멜라니도 그 정도는 아니었다. 카르멘의 금연 전략은 단순했다. 구토를 일으킬 만큼 흡연량을 늘려 끝장을 보고 말겠다는 것이다. 마지막 날, 그녀는 문자 그대로 줄담배를 피워댔다. 이처럼 사려 깊은 방법을 실천에 옮기는 동안 그녀는 실제로 엄청난 양의 담배를 피워댔다.

---- ~

---- ~

---- ~

---- ~

이 방법은 어쨌든 성공을 거두었다. 그녀는 두 번 다시 박하담배를 피우지 않았다. 카르멘은 이제 빨간 담뱃갑에 든 던힐*Dunhil(10mg, 1.0mg, 10mg* — *이것은 유럽연합이 2004년에 규정한 최고치의 세 배에 달한다)*을 즐기고 있다.

필리네

나를 처음 만났을 때만 해도 필리네는 담배를 피우지 않았다. 그녀는 방 두 개에 작은 욕실이 딸린 아담한 집에서 살았다. 욕실 안에는 가지가 천장까지 닿은 커다란 유카 화분이 하나 있었다. 필리네는 한 쪽 방에다가 책상과 책을, 다른 쪽엔 침대와 구두를 놓아두었다. 남자를 위한 공간은 어디에도 없었다. **경애하는 남성독자** 여러분께 다시 한 번 말하건대 정말 없었다. 침대 위도 마찬가지였다. 거기에도 책들만 잔뜩 쌓여 있었다. 그럼에도 불구하고 나는 그녀 옆에 파고들어 이탈로 스베보의 소설 『제노의 의식』을 읽어주었다. 필리네와 나처럼 함께 자리에 누워 내 책을 읽고 있을 **친애하는 남녀독자분**들께 나는 이 작가의 이름을 언급하지 않을 수 없다. 그 이유는 나중에 설명하겠다. 지금은 일단 우리가 있는 곳, 즉 남녀독자들은 서로의 곁에, 그리고 나는 침대 위 필리네 곁에 머물고자 한다.

필리네의 매력은 가히 매혹적이었다. 아몬드 빛 갈색 눈동자. 그녀처럼 아름다운 눈을 가진 사람을 나는 어디에서도 본 적이 없다. 사랑에 빠질 때면 그녀는 언제나 깊은 생각에 잠겼다. 아몬드 빛이 나는 고결한 눈동자 위로 투명한 눈꺼풀이 깜빡거렸고, 살짝 잡힌 주름이 이마에 매끈한 곡선을 만들어냈다. 꿈꾸는 듯하고, 우아하며, 놀랍도록 갸름한 어깨를 지닌 그녀는 내게 보티첼리의 비너스가 환생한 것 같은 착각을 불러일으켰다. 그녀는 존재만으로도 내게 시적 영감을 불어넣어주었고, 나는 그에 힘입어 시를 쓰기 시작했다. 내 인생에서 처음 있는 일이었다. 하지만 그녀는 자신을 매우 현실적이고 산문적인 존재라고 여겼다. 언제나 효율적으로 행동했고, 표면의 '카오스' 아래 놓인 '하부구조' — 그녀는 이런 단어들을 좋아했다 — 를 질서정연하게 다듬었다. 그녀는 과학적 사고를 중시했다. 과학적 사고는 '단계'들로 구분되며, 각 단계들이 올바른 순서에 따라 수행되면 항상 어떤 결론에 이르게 된다고 확신했다. 그녀는 이마에 잡힌 사랑의 주름이 사라지기 무섭게 복잡한 사고과정을 다시 거쳐나갔다. 그리고 증명의 고리가 완결되었다고 생각되면, 유클리드의 저 유명한 '증명완료Quod erat demonstrandum'라는 말로 결론을 강조했다. 내 과학적인 비너스 여신이 라틴어를 읊조리는 모습은 너무나 매혹적이었다. 나는 그녀에게 깊이 빠져들 수밖에 없었다. 당시에 나는 대학 졸업반이었고 그녀는 대학공부를 막 시작한 참이었다. 우리 사이에는 열두 학기라는 거리가 놓여 있었다. 인생이 마음먹은 대로 될 거라는 편협한 믿음 아래 나는 계획을 하나 수립했다. 그녀가 대학공부를 절반 정도 마치고 나면 결혼해야겠다는 계획이었다. 나는 무의식중에 '과학적 사고'를 강조하는 그녀의 방식을 따르고 있었다. 모든 것을 단계로 구분하고, 올바른 순서에 따라 수행하여 원하는 목표에 이르려 했던 것이다. 하지만 나는 이것을 철저히 비밀에 부쳤다. 나는 다만, 제노 코시니가 마지막 담배를 피우는 소설을 끝까지 낭독한 다음부터는 두 번 다시 담배에 손을 대지 않겠다고만 약속했다. 하지만 모든 것이 완전히 다른 결과에 이르고 말았다.

안네

---- ~

　허파 위, 양쪽 갈비뼈 사이에 있는 흉골에는 '내 잘못'을 회개하는 자리가 있다. 내 잘못, 내 잘못, 내 커다란 잘못이야. 안네는 이렇게 중얼거리며 손가락들을 둥글게 모아 십자가 한 개를 다른 하나에 두드리는 수녀처럼 가슴을 쳤다. 또 다른 부위는 관자놀이와 정수리 그리고 귀 뒤편이었다. 이것이 그녀가 개발한 새로운 금연 방법이었다. 그녀는 다른 많은 방법들을 써서 이미 성공을 거둔 바 있다. 어떤 때는 사흘 동안, 또 다른 때는 6주 동안, 그리고 한때는 1년이 넘도록 금연에 성공한 적도 있다. 그녀는 이 기

적의 한 해 — 그녀가 요즘 즐겨 사용하는 표현이다 — 동안 니코틴 껌과 금연초, 그리고 근육의 긴장을 풀어준다는 자발성 훈련요법을 활용했다. 여기엔 때로 침술이 동반됐다. 이 의례가 끝나면 그녀는 사우나로 직행했다. 금연을 시도하는 동안 안네는 심리학자, 철학자, 신학자가 되었고, 스포츠에도 열정을 쏟았다. 그녀는 전혀 무관해 보이는 방법들을 서로 결합시켰다. 월요일에는 정신분석 상담을 받고, 화요일에는 신경언어학 코스에 참가하고, 수요일에는 가족 모임에 참여하고, 목요일에는 탄트라 모임에 가고, 금요일에는 행동요법 치료를 받고, 토요일에는 축구경기장에 가고, 일요일에는 교회에 가는 식이었다. 안네는 매우 다면적인 여자였다. 최근에 그녀는 네 단계의 조화요법을 수행하고 있다. 그것은 자신의 흉골을 두드리면서 다음과 같이 긍정의 주문을 외우는 것이다.

내게는 평안과 힘이 있다.
나는 행복하고 내 인생에 만족한다.
나는 행복하고, 담배를 피우지 않는 것에 만족한다.
(이것은 진실과는 거리가 있는 것으로서 안네는 매우 안절부절못하고 있다.)
내게는 평안과 힘이 있다.
나는 있는 그대로의 나이며, 행복하고 만족한다.

나는 그 모든 결점에도 불구하고 인간들을 사랑한다. (이것도 진실과는 거리가 있는데, 특히 안네가 담배를 피우지 않을 때 더욱 그렇다.)

내게는 평안과 힘이 있다.

네 단계의 조화요법은 한 번은 서서, 두 번은 앉아서, 그리고 마지막 한 번은 누워서 수행하는 것으로 이루어진다. 수행 과정을 일일이 묘사하는 것은 너무 번잡한 일이므로 이 정도만 소개하겠다. 이 수행의 목표는 영혼이 평안을 얻고 세계를 포용하는 것이다. 각 단계의 마지막은 열정적으로 숨을 내쉬며 "숨을 쉰다"라고 외치는 것으로 마무리된다. 안네가 이 요법을 시작한 후로, 나는 그녀의 아틀리에를 방문하기 전에 미리 전화를 건다. 예약하지 않은 고객이나 약속 없이 찾아온 친구에게는 문을 열어주지 않기 때문이다. 안네는 그림을 그리고 양탄자를 짜는 게 직업이다. 그녀의 방에는 양탄자를 짜는 물레가 있다. 또 방 곳곳에 스케치화가 걸려 있다. 나는 향기로운 공기를 뿜어내는 것 같은 그녀의 그림들을 무척 좋아한다. 요즘 그녀가 그리는 스케치는 네 단계의 조화요법을 상징하는 노랑, 보라, 빨강, 파랑으로 채워져 있다. 그녀의 아틀리에에 들릴 때마다 나는 그 스케치들을 주제로 이야기를 나누려고 애썼다. 결점을 알면서도 사람을 긍정하고 싶어 했던 안네의 노력을 남용하지 않는 한 내 시도는 대체로 성공을 거두었다. 그러면 나는 그녀에게 키스를 하고 길모퉁이 꽃집으로 달려가 노랑, 보라, 빨강, 파랑 네 가지 색으로 이루어진 꽃다발을 주문했다. 주인이 꽃다발을 만드는 동안, 친애하는 독자들이여, 안네와 나는 한 손에 담배를 든 채 꽃집 문앞에 서서,

---- ~

불안하게 그리고 힘없이 담배연기를 들이마셨다.

크레타!

이 세상에서 내가 가장 사랑한 것은 너였다. 하지만 나는 네 진짜 이름을 결코 발설하지 않을 것이다. 나는 우리가 만난 섬의 이름으로 너를 부를 것이다. 너는 내게 크레타 섬의 프레스코화에 그려진 소녀였다. 소를 뛰어넘는 소년들을 우아한 자태로 기다리고 있는 그 소녀. 너는 내게 붉은 흙에서 불굴의 의지로 결실을 쟁취해내는 농부와 같은 여자였다. 너는 올리브 나무의 여신, 뜨거운 낮에 불어오는 시원한 바람 같은 존재였다. 너는 장 니코에 대한 소설 속에서 헤매고 있던 나에게 미로에서 빠져나올 수 있도록 실타래를 건네준 아리아드네였다. 내가 비록 모든 소설의 한가운데에서 작가들을 노리고 있는 미노타우루스를 때려죽이고 책을 완성하는 일에 실패하기는 했지만. 크레

타, 아 나의 크레타여! 나는 이 세상에서 너를 가장 사랑했다. 하지만 이제 너는 내게 더 이상 말을 건네 오지 않는다. 나는 네게 더 이상 메일이나 편지를 쓰지 않는다. 네가 답장을 보내오지 않으니까. 나는 더 이상 네 전화기에 전언을 남기지 않는다. 네가 내게 답신전화를 걸지 않으니까. 너는 지금도 여전히 하루 아홉 개비의 로트 핸들레*Roth Händle(10mg, 1.0mg, 6mg)*를 피우고 있는지? 오전에 세 대, 오후에 세 대, 저녁에 세 대를 피우던 우리의 결혼생활 당시처럼. 너는 여전히 우리의 침실을 — 아니, 용서를 빈다, 너의 침실을 — 흡연금지구역으로 정해놓고, 사랑을 나눈 후 담배를 피우는 것을 혐오하는지? 너는 담배를 끊으려 시도하지 않은 유일한 사람, 매일 일정량의 담배를 피우는 유일한 사람이었다. 오전에 세 대, 오후에 세 대, 저녁에 세 대. 너는 자정 이후에는 담배를 결코 피우지 않았어, 심지어 송년파티에서도 그랬지. 너는 파울라에 대한 항의의 표시로 일시적으로 단 한 번만 담배를 끊었었다. 담배를 끊는 것이 얼마나 간단한 일인지 보여주기 위해. 담배를 더 이상 피우고 싶지 않다면, 피우지 않으면 된다. 그것이 끝이고, 결론이었다. 성자의 말씀이셨다! 이 책이 네 눈에 띄었을 때, 네가 지을 경멸에 찬 미소가 내 눈에 선하다. 너는 두 손으로 이 책을 붙잡고 이리저리 비틀어 책등을 꺾어버리겠지. 너는 입가에 문 담배에서 피어오르는 연기 때문에 오른쪽 눈을 질끈 감고 있겠지. 네가 결코 용서하지 못할 파울라에 대한 이야기를 읽게 되면, 네 검은 눈썹이 까마귀 날개처럼 솟아오르겠지. 하지만 내가 아직도 너를 사랑하고 있다고 고백하는 구절을 읽게 되면, 너는 곧 부드러운 미소를 지을 것이다. 나의 크레타, 나의 소녀, 나의 아내, 이제는 헤어진 나의 가장 아름다운 여인이여! 그리고 네 필터 없는 담배를 입에서 떼어내고, 가운데 손가락으로 입술에 묻은 담배가루를 문질러 털어낸 후 오른쪽 눈을 다시 뜨겠지. 어린 시절 입은 상처로 녹색 눈동자 안에 호박琥珀빛 작은 점이 새겨진 그 눈을. 나는 여전히 너의 눈동자를 사랑한다.

파울라

---- ~

파울라와 나는 아직도 가끔 통화를 한다. 하지만 만나는 일은 별로 없다. 그녀는 크레타를 향한 나의 부정不貞한 정절을 결코 용서하려 들지 않았다. 파울라는 매우 체계적으로 담배를 피웠다. 그녀는 니켈로 만든 낡은 휘발유라이터와 은빛 담배케이스(이해할 수 없게도 보통 담배케이스의 절반 크기밖에 되지 않는)와 작은 재떨이를 항상 지니고 다녔다. 그녀는 또 파울이라는 이름의 동반자를 늘 데리고 다녔다. 파울은 그녀 내면의 개자식 이름이다. 파울라는

자기 내면에 존재하는 그 개자식이 남성이라는 것을 확신했다. 하지만 이것 때문에 **경애하는 남성독자**들께서 파울라를 나쁘게 생각할 필요는 없다. 그녀는 매우 매력적인 여성이다.

파울라는 자기 내면에 자리 잡은 개자식도 이름을 가질 권리가 있다고 생각했다. 그래서 그녀는 자신의 이름 철자에서 마지막 글자를 떼어내 그의 이름을 지었다. 파울라와 파울은 자주 견해 차이를 보였다. 이 때문에 파울라의 내면에서 열정적인 성대결이 벌어지는 적도 많았다. 만일 여기 제3자가 개입하게 되면 대개 양쪽의 경계선상에 놓이기 마련이었는데, 이것이 바로 내게 벌어진 일이다. 이에 대해서는 나중에 이야기하겠다.

파울라와 파울 사이의 갈등은 늘 한군데서 맞닿았다. 금연에 대한 견해 차이였다. 파울라는 담배를 끊으려 하는데 파울은 그러려고 하지 않았다. 담배를 피울 때마다 파울라는 다음과 같이 행동했다. 담배케이스를 탁자 위에 올려놓고 그 옆에 휘발유라이터를 세워놓는다. 이것은 라이터라기보다는 차라리 화염방사기에 가까웠다. 불이 붙으면 2기통 자동차가 배출하는 배기가스 냄새를 풍겼다. 가까운 곳에 재떨이가 없을 경우에는 평소 갖고 다니는 미니재떨이를 꺼내놓는다. 문제는 재떨이였다. 크기가 너무 작아서 두 사람이 쓰기에 충분하지 못했기 때문이다. 준비가 다

끝나면 파울라가 담배케이스를 연다. 케이스의 한쪽 편에는 여섯 대의 *다비도프 시가*가 꽂혀 있다. 보통의 다비도프가 아닌 흰 필터에 버지니아 연초(10mg, 1mg, 10mg)를 사용한 고급 *다비도프 매그넘*이다. 케이스의 다른 쪽에는 덴마크 크리스티안 상표의 소형 시가가 꽂혀 있다. 이것 역시 비싸고 독한 담배였다(하지만 유감스럽게도 포장에 밀리그램 표시가 없다). 파울라가 담배케이스를 여는 순간이 바로 결정을 내려야 할 때다. 두껍고 흰 담배를 피울 것인가, 아니면 얇은 갈색 시가를 피울 것인가? 파울에게는 어느 쪽이나 상관없었다. 그에게 중요한 것은 니코틴이었다. 이 결정이 중요한 이유는 하루 할당량이 2x6(두 대씩 여섯 번)으로 제한된 탓이다. 파울라는 다 피웠으면 그것으로 끝이라고 생각한 반면, 파울은 담배케이스가 다시 채워질 때까지 계속 울부짖었다. 담배케이스는 하루 두 번, 아니 세 번이라도 채울 수 있다는 것이다. 이는 물론 금지사항이었다. 그래서 담배를 선택할 때마다 담배케이스 양쪽의 재고량을 고려해야 했다. 파울라는 내가 만난 사람 중 가장 뛰어난 두뇌의 소유자다. ― 나를 용서해 줘, 크레타! 그녀는 쟁쟁한 법률회사에서 일하는 변호사다. 이곳의 남성 경쟁자들 중에는 부족회의 장소에 여자의 접근을 금하는 코만치들도 있었지만, 영민한 그녀는 누구보다도 먼저 사안의 중요성을 알아차렸고 이에 적절하게 대응했다. 파울라는 영어 외에도 이탈리아어, 프랑스어, 스페인어를 자유자재로 구사했다. 그녀는 영어가 저절로 이해되는 언어라고 했다. 파울라는 나보다 IQ가 30이나 높았다. 파울의 IQ는 아마 85정도일 것이다. 나의 IQ는 보통 사람의 평균치인 100보다 15가 높다. **친애하는 여성독자와 경애하는 남성독자** 여러분, 파울라가 아직 담배와 시가 사이에서 결정을 못 내리고 있기 때문에 서서히 금단현상을 느끼고 계시겠지만, **흡연기호가 나올 때만 담배를 피우시기 바랍니다** 그럼에도 불구하고 정신을 집중하여 계산해 보면 파울라와 파울의 평균 IQ는 고작 115밖에 안 된다는 것을 알 수 있다.

크레타라면 아마도 이렇게 말할 것이다. "다 부질없는 짓이야. 테스트된 지력과 인생경험에서 얻은 지혜는 아무 상관이 없어. 파울라와 파울이 해대는 저 우스꽝스러운 짓거리 좀 봐. 파울라는 담배케이스에서 어느 쪽을 선택할지조차 스스로 결정하지 못하잖아."

친애하는 여성독자들께서는 이점을 어떻게 판단할지 모르겠다. 하지만 **경애하는 남성독자** 여러분, 우리는 파울라를 보다 관대하게 받아들일 수 있다. 크레타의 견해가 정당하건 그렇지 않건 그 사이 파울라는 마침내 결정을 내린다. 그리고 담배케이스에서 시가를 뽑아들어 코밑으로 대고 냄새를 맡은 뒤 완전하게 말리지 않은 시가 가장자리를 손가락으로 이리저리 눌러본다. 손톱으로 시가 끝을 조심스럽게 떼어낸 후 시가를 입에 물고는 행복한 표정으로 휘발유라이터의 뚜껑을 열고, 엄지손가락을 날렵하게 움직여 라이터를 켠다. 라이터 안에 남아있던 휘발유가 시가에 스며들지 않고 대기 속에 흩어지게 하려고 잠시 불을 켠 채 기다린다. 다른 한 손으로 시가의 빨대 부분을 입술 사이에서 천천히 돌려 촉촉이 적신 후 드디어 불을 붙인다. 그리고 나서 다시 시가를 끄고는 — 독자들께는 매우 죄송하지만 정말로 다시 끈다 — 라이터 뚜껑을 닫는다. 시가를 촉촉이 적셔놓았기 때문에 달리 어쩔 수가 없다. **흡연기호가 나올 때만 담배를 피우시기 바랍니다.** 한 손에 시가를 든 채 이번엔 다른 한 손으로 담배를 꺼낸다. 그리고는 시가를 열어 둔 담배케이스 위에 비스듬히 올려놓는다. 빠는 부분을 말리기 위해서다. 파울라는 담배를 곰곰이 관찰한 후, 필터 부분을 단단히 붙잡고 담배의 반대쪽 끝 금색 테두리 부분을 노려본다. 아마도 파울이 무언가 멍청한 소리를 지껄인 모양이다. "빨리 좀 해"라고 속삭였을 것이다. 파울라는 순전히 고집 때문에 담배를 다시 내려놓는다. **흡연기호가 나올 때만 담배를 피우시기 바랍니다.** 파울라는 담배의 불붙이는 쪽을 두세 번 탁자 위에 두드리고 손가락으로 몇 번 비벼댄 후, 다시 입술에 갖다 댄다. 그녀는 입술에 립스틱을 바르는 일이 없었다. 백조처럼 하얀 다비도프 필터에 붉은 입술자국이 묻으면 무척 섹시해 보였을 텐데.

파울라는 다시 휘발유라이터를 집어 들고 뚜껑을 연 후, 불을 켠다. 휘발유 냄새가 가시도록 기다렸다가 붉은 머리를 숙여 담배에 불을 붙인다. 하느님, 감사합니다.

---- ～

크레타는 담배를 끊으려 했던 적이 한 번도 없었다. 몇 년 동안 그녀는 3x3(하루에 세 번 세 대씩)의 규칙에 따라 일정하게 로트 핸들레를 피웠다. 몇 년 동안 그것은 내게 아주 끔찍한 경험이었다. 하지만 지금 나는 그 담배냄새가 무척 그립다. 나는 크레타가 내 눈 앞에서 로트 핸들레를 분지르면서, 내가 '멍청한 파울라'와 관계를 끊거나 아니면 집을 나갈 때까지 담배를 피우지 않겠다고 말했던 바로 그날 그녀를 잃어버렸다는 사실을 알고 있다. 파울라와 관계를 끊기까지는 한 달이나 걸렸다. 그때부터 크레타는 다시 하루 3x3의 로트 핸들레 흡연으로 돌아왔다. 크레타가 언젠가는 파울라의 일을 용서하려고 마음먹고 있었다는 것을 나는 안다. 문제는 내가 파울라를 용서할 수 없었다는 것이다. 더 큰 문제는 그녀와의 관계가 끝났는데도 내가 아직 마음속에서 그녀를 떠나보내지 못했다는 점이었다. 크레타가 담배를 분지른 후 6개월이 지났을 때, 우리는 일시적이나마 서로 거리를 두고 우리의 결혼생활을 다시 생각해보자는 데 합의했다. 그렇게 해서 우리의 거리는 멀어졌고, 결국 헤어지고 말았다. 이혼법정에서 만난 이후

로 나는 그녀를 한 번도 만나지 못했다. 재판이 끝난 뒤 우리는 법원 앞 계단에 망연히 서 있었다. 갑자기 크레타가 알렝 르네의 영화 「스모킹/노스모킹」에 대한 이야기를 꺼냈다. 결혼생활 중에 우리가 여러 차례 함께 본 영화였다. 두 번은 영화관에서, 그리고 또 한두 차례는 텔레비전에서. "단 한 순간이 인생 전체를 변화시킬 수 있다니, 흡연과 금연처럼 말이야." 그녀는 이렇게 말하고는 눈에 눈물이 가득 고인 채, 어깨를 움찔했다. 그녀는 손가방에서 로트 핸들레를 꺼내더니 내 뺨에 키스 한 후, 담배를 피워 물면서 내 곁을 떠나갔다.

---- ~

크레타와의 결혼생활을 제외하고 볼 때 로트 핸들레가 내 흡연 인생에 영향을 끼친 기간은 얼마 안 된다. 당시 열일곱 살이었던 나는 담배연기 자욱한 역구내식당에서 병맥주를 마시며, 구토와 복통을 무릅쓰고 다양한 상표의 필터 없는 담배들을 시험해보았다. 담배를 시작하는 게 담배를 끊는 것보다 훨씬 고통스러운 일이다. 방과 후면 나는 역구내식당에 앉아 기름때가 낀 창문을 통해 바깥을 바라보며, 빨간색 특급열차가 역으로 들어오는 것을 기다리곤 했다. 그 후에야 옆의 철로에서 대기하고 있던 완행열차가 역으로 들어왔기 때문이다. 나는 필터 없는 *레발Reval(10mg, 0.9mg, 6mg)*, *골로와즈 브루네Gauloise brune(10mg,*

0. 7mg, 9mg), 그리고 때로는 로트 핸들레를 피웠다. 우울한 시기였다. 어린아이도 아니고 어른도 아닌 상태에서 반항심과 불안감에 휩싸여 사람들이 '상황'이라고 부르던 것에 저항했다. 내 폐를 불태우고, 내 손가락 끝을 노랗게 물들이던 그 필터 없는 괴물을 나는 혁명의 신호로 여겼다. 하지만 그놈은 나를 괴롭히기만 했다. 그 당시 담배에는 니코틴 함유량과 응축도만 적혀 있었다. 타르나 일산화탄소 같은 혐오스러운 단어가 아닌 애매한 단어를 사용한 것이다. 이 수치들은 세금표시 위에 아주 작은 글씨로 쓰여 있었다. 경고문구도 없었다. 유럽보건기구도, 유럽연합 보건부 장관도 존재하지 않던 시절이었다. 바덴 담배제조회사 로트 핸들레는 경고 문구 대신 "담뱃불을 붙이기 전, 단 한 번의 흡입만으로도 이 고전적인 혼합연초의 세련되고 풍부한 향기를 느낄 수 있습니다"라는 글귀를 담뱃갑에 적어 놓았다. 이 문장은 아직까지도 작은 경고문 위에 버젓이 자리 잡고 있다. 크레타가 이 글을 본다면 눈을 치켜뜰 일이지만, 나는 바덴 담배제조회사의 주장이 옳다고 생각한다. 로트 핸들레의 풍부한 향을 만끽할 수 있는 최적의 순간은 불을 붙이기 직전이다. 하지만 이것은 갈대 담배, 시가, 필터 달린 담배 모두에 해당되는 사실이기도 하다.

---- ~

안네에게는 '불 붙이지 않은 담배' 요법이 마음에 들 것이다. 그녀가 정신을 집중하여 차가운 담배를 빨아들이면서 "숨을 쉰다, 숨을 쉰다"라고 되뇌는 모습이 눈앞에 선하다. 최근에 나는 안네의 아틀리에에 찾아갔다가 그녀가 한 가지 담배만 피우는 것을 보고 놀란 적이 있다. 안네의 표현방식을 따르자면 이는 그녀의 'vision du monde(세계관이라는 뜻의 프랑스어—옮긴이)'에 완전히 어긋나는 일이다. 또 이를 크레타 식으로 표현하면, 이것은 안네가 지닌 세계관에 전적으로 어긋나는 일이다. 그녀는 얼마 전까지만 해도 수행 중인 금연요법의 가짓수만큼 다양한 종류의 담배를 피웠다. 이제 그녀는 *아메리칸 스피릿American spirit*만 피운다. 이 인디언담배야말로 연초에 인공향료를 첨가하지 않은 '환경친화적'인 담배라는 것이다. *아메리칸 스피릿*에는 암모니아가 들어 있지 않았다. 멜라니는 우리가 담배를 피우며 만족감을 느낄 수 있는 건 암모니아 성분 때문이라고 말했다. 암모니아는 담배연기의 산성을 중화시켜주고, 폐의 니코틴 흡수도를 높여 빠른 시간 안에 뇌 중앙부로 전달해주는 역할을 한다.

암모니아를 최초로 사용한 담배회사는 필립모리스사였다. 1965년, 말보로를 업그레이드시키면서 업계 최초로 암모니아를 사용했다. 말보로는 원래 1920년대에 여성을 목표 삼아 출시된 담배였다. 그러다가 1950년대에 들어

카우보이 이미지를 차용한 광고를 내보내면서 남성 고객들의 마음을 사로잡았고, 현재 2조 개비의 연간 생산량을 자랑하는 담배로 자리매김했다. 하지만 말보로의 수요량을 늘려준 것은 카우보이가 아니라 바로 암모니아 성분이었다. 멜라니가 자바산 용엔스에 빠져들게 된 것도 암모니아 때문이다.

멜라니가 피우는 세 종류의 말보로와 비교할 때, 안네가 피우는 네 종류의 *아메리칸 스피릿*은 솔직한 담배다. 로고 속에 그려진 올곧은 인디언은 파이프담배를 피우고 있다. 나는 안네가 피우는 이 담배가 정말 친환경농법으로 재배된 건지 그녀에게 물어볼 생각이다. 그렇다면 건강에도 썩 괜찮은 담배일 것이다. *아메리칸 스피릿*은 오렌지색(*3mg, 0.4mg, 4mg*), 노란색(*5mg, 0.6mg, 6mg*), 회색(*7mg, 0.8mg, 8mg*), 청록색(*9mg, 1.0mg, 10mg*)이 있다. 안네는 이 네 종류를 섞어 피웠다. 네 가지 색이 그녀가 금연을 위해 수행했던 조화요법의 네 가지 색을 대신하게 된 것이다. *아메리칸 스피릿*을 피우는 바람에 그녀의 스케치에도 새로운 색채가 가미되었다. 나는 안네가 다른 어떤 일을 계기로 색채를 바꾸기 전에 그 스케치들에 대해 이야기할 수 있기를 바란다.

크레타와 결혼하기 전, 짧은 시간이었지만 안네와 나는 서로 사랑했다. 관계를 정리한 후에도 우리는 아름다운 우정을 나누어왔다. 크레타와 안네는 내 덕분에 서로 알게 되었고 서로 좋아하는 사이가 되었다. 내게는 매우 놀라운 일이었다. 안네는 영적인 사람이었고 크레타는 아주 논리적인 성격의 소유자였기 때문이다. 어쩌면 바로 그 때문에 이들은 서로 친구가 되었을지도 모른다.

나는 안네와 크레타가 아직도 만난다는 걸 알고 있다. 하지만 내가 안네에게 크레타의 소식을 물을 때면 그녀는 즉시 다양한 본성과 상관없이 노새 같은 고집쟁이가 되었다. 크레타의 자동차와 내 자동차 사이를 가로막고 서 있었던 그리스의 그 노새처럼. 그 노새는 크레타와 나를 이어준 매개체였다. 좁은 산길 한 가운데 서서 옴짝달싹 안 하는 노새를 사이에 두고 크레타와 나는 처음 만났다. 찌그러진 피아트 자동차를 마주 세워놓은 채.

길 한가운데를 점령한 노새를 밀어내기 위해 우리는 서로 힘을 합쳤다. 물론 초면이었다. 우리는 한참을 씨름한 끝에 노새를 밀쳐냈다. 크레타와 나는 손가락에서 풍기는 고약한 냄새를 맡고 손사래를 치며 웩웩거렸다. 노새의 냄새도 안네의 *아메리칸 스피릿*처럼 향기와는 거리가 멀었던 탓이다. 함께 거둔 승리를 자축하기 위해 우리는 찌그러진 피아트 자동차를 빌려온 마을 광장에서 함께 저녁식사를 하기로 약속했다. 안네도 이 이야기를 알고 있다. 셋이서 함께 저녁시간을 보낼 때면 우리는 자주 그 이야기를 꺼내며 웃음을 터뜨렸다. 때로 안네가 그녀의 다양한 연인들 중 하나를 데리고 오면 넷이서 함께 저녁시간을 보내기도 했다. 그처럼 행복했던 저녁시간이 다시 올 수만 있다면 나는 어떤 대가라도 치를 것이다. 크레타, 네가 나를 혼자서 만나고 싶지 않다면 이런 식으로도 좋다. 그런 저녁을 위해서라면 나는 지금 즉시, 이 자리에서, 단번에 담배를 끊을 수도 있다.

---- ~

내가 필리네에게 『제노의 의식』을 읽어주었던 일요일 오전, 필리네는 '이 소설을 다 읽고 나면 담배에 손을 대지 않겠다'고 약속했던 바로 그 침대에서 다시 담배를 피웠다. 『제노의 의식』의 작가 이탈로 스베보는 이름이 주는 인상과 달리 독일계 인물이다. 본명은 에토레 슈미츠였다. 이 작가는 그의 소설에서 주인공 제노 코시니로 하여금 수많은 결심을 하게 만들지만, 모든 것이 허언이 되고 만다. 작가의 실제 삶도 마찬가지였다. 그가 결심했던 수많은 것들이 모두 허사가 되었기 때문이다. 어떤 작가나 작중 인물도 이탈로 스베보와 제노 코시니보다 마지막 담배를 많이 피우지는 못했을 것이다. 이 작가는 자기 약혼녀에게 다음과 같은 편지를 보냈다. "지금 피우는 담배가 내 마지막 담배야, 카로 봄본! 이것조차 제대로 실천하지 못하면, 내 인생에서 너를 위해 무엇을 해줄 수 있겠어? 아무것도

해내지 못할 거야!" 소설 속 주인공인 제노 코시니는 이런 말도 한다. "분명한 것은, 마지막 담배야말로 가장 색다르고 특별한 맛이 난다는 거야." 마지막 담배라는 환영에 사로잡혀 있던 작가는 자신에 대해서 다음과 같은 글귀를 남겼다. "그는 마지막 담배를 피우는 것으로, 그의 인생을 흘려보냈다." 그의 소설 속에 나오는 제노 코시니는 대학 시절, 마지막 담배를 피운 날짜와 시간을 벽지에 기록하는 것으로 자기 방을 도배한다. 하지만 코시니는 결국 "나는 내 결심의 무덤 같은 그 방과 작별했다"고 말하며 그곳을 떠난다. 이탈로 스베보는 죽은 뒤에야 비로소 금연을 실천에 옮겼다. 그러나 불멸의 존재인 제노 코시니는 독자들이 이 소설을 읽는 한 마지막 담배를 피울 것이다.

오, 마지막 담배여! 마지막이기 때문에 그토록 특별한 맛과 의미를 지니는 마지막 담배여! 스베보의 소설에서, 그리고 사랑에 빠져 있을 때의 내 삶에서, 네 최후의 불꽃을 향해 나는 커다란 열정을 품고 다가갔다. 하지만 이제 나는 그 약속을 지킬 필요가 없어졌다. 우리의 사랑이 소설보다 먼저 끝난 탓이다. 스스로를 '가엾은 코시니'라고 부르던 제노는 흡연을 '혐오스러운 습관'이라고 말했다. 그렇지만 필리네는 이를 부드럽고 우아한 경험으로 만들었다. 그녀는 니코틴, 벤졸, 포름알데히드, 청산가리 그리고 그밖에 담배에 들어 있는 수천 가지의 독성분에 대해 저항할 힘이 있다는 것을 입증했다. 필리네는 특이한 여자였다. 그녀는 몇 주 동안 담배 생각을 하지 않다가도 열띤 분위기의 파티에 참석하게 되면 자신도 모르는 사이에 담배 반 갑을 순식간에 피웠다.

담배와 금연결심 사이에서 고통 받는 제노 이야기를 읽어주고 있을 때였다. '칙' 하고 라이터 소리가 나는가 싶더니 담배냄새가 진동했다. 나는 깜짝 놀라 소설낭독을 그쳤다. 그녀가 나도 모르는 사이 내 담배를 하나 꺼내들었던 것이다.

"계속 읽어."

내 옆에 누운 나신의 그녀가 신비한 매력을 발산하며 말했다. 손에 담배를 든 채 말이다. 나는 그녀의 배꼽을 흘깃 본 후, 그녀가 시키는 대로 제노 이야기를 읽어 내려갔다.

"결국 나의 하루하루는 담배를 피우는 일과 금연을 결심하는 일로 채워졌다. 고백하자면 지금도 여전히 그렇다. 스무 살에 시작된 마지막 담배의 윤무 속에 여전히 맴돌고 있다. 결심의 강도는 점점 더 약화되었고, 나의 나약함은 늙어가는 가운데 점점 더 관대하게 용서받았다."

필리네가 킥킥대며 웃다가 담배연기를 잘못 삼키는 바람에 기침을 하기 시작했다. 그러면서도 그녀는 손에서 담배를 놓지 않았다. 그것이 그녀의 첫 담배였음에도 불구하고.

나는 그녀가 기침을 멈추고 다시 한 모금을 빨아들일 때까지 기다렸다. 그리고 계속 읽어 내려갔다.

"나이가 들면 인생에 대하여, 그리고 인생에 속한 모든 것에 대하여 미소 지을 줄 알게 된다. 그렇다. 고백하지만, 나는 얼마 전부터 더 이상 마지막이 아닌 담배를 피우고 있다."

마침내 나는 제노가 자신의 욕구를 담배에서 여자로 돌리는 부분에 이르렀다. 뻔뻔스럽게도 그는 여자들을 '부위별로' 좋아했다. 어떤 여자는 목을, 어떤 여자는 가슴을, 또 다른 여자는 다른 곳을 좋아했다. 그러면서 한껏 슬픈 어조로 이렇게 말했다. "건강한 사랑은 그 여자 전체를 향한 것이어야 한다. 성격과 지성을 포함한 그 여자 전체를."

필리네는 일어나 앉아 몸을 흔들어대며 웃었다. 긴 담뱃재가 그녀의 가랑이 사이에 떨어졌다. 나는 그녀의 담배를 빼앗아 끄고 손에 침을 묻혀 그녀의 신비로운 음모 위에 떨어진 재를 집어 올렸다. 이날 우리는 더 이상 책을 읽지 않았다.

---- ~

카르멘은 열흘 동안 줄기차게 담배를 피워댔다. 곁에서 그 모습을 보고 있자니 정말 끔찍했다. 그 며칠 동안 그녀는 나마저 비흡연교 신자로 개종시킬 뻔했다. 그녀의 집은 무거운 담배연기로 가득 찼다. 여기저기 담배꽁초가 넘치는 재떨이들이 즐비했고, 니코틴 중독자들에게 친숙한 죽

음의 향기가 진동했다. 카르멘은 무섭게 구역질을 해대면서도 재떨이를 비우지 않았다. 성공을 방해하고 싶지 않다는 터였다. 눈은 퉁퉁 부어올랐고, 말할 때마다 콧소리가 났다. 발작적인 기침이 연달아 터져 나왔다. 『마의 산』— 그녀는 이 소설을 세 번 이상 읽었다 — 에 나오는 결핵환자들마저 동정할 정도였다. 기침발작이 지나가면 그녀는 즉시 다음 담배를 꺼내 떨리는 손으로 불을 붙였다. 이 살인적인 요법의 마지막 삼일 동안 나는 방문을 금지 당했다. 그녀가 새로운 삶을 시작한 첫날 우리는 함께 피크닉을 가기로 했다. 이날 하루 동안은 나도 담배를 피우지 않겠다고 약속했다. 그녀를 데리러 갔더니 문이란 문이 모조리 열려 있었다. 침대보는 세탁기 안에서 힘차게 돌아가는 중이었다. 카르멘은 그 어느 때보다도 신선하고 매력적이었다. 얼굴에 난 주근깨마저 춤을 추는 것 같았다. 그녀는 갓 빨아 말린 목욕가운을 입고서 나를 맞이했다. 그녀에게 입을 맞추고 가운을 벗겨내자, 그녀의 사랑스런 모습 외에는 아무것도 눈에 들어오지 않았다.

잠시 후 우리는 그녀가 준비한 바나나, 파인애플, 사과조각을 집어먹으며 소파에 함께 누워 있었다. 이제부터는 오로지 신선한 과일과 야채만 먹을 생각이라고 그녀가 말했다. 좋은 징조 같지는 않았다. 특히 '오로지'라는 단어가 내 신경을 자극했다. 하지만 이번에는 나도 현명하게 입을 꾹 다물었다. 금발의 카르멘이 메리메의 괴물로 변신하는 것을 보고 싶지 않았다. 함께 피크닉 준비를 마치고나서 그녀가 창문을 닫고 있을 때였다. 갑자기 서가 위에 놓인 커다란 유리병이 내 눈에 들어왔다. 그 순간 온몸에 소름이 끼쳤다. 너덜너덜해진 『마의 산』 옆에 있는 그 병은 담배꽁초로 가득 차 있었다. 『마의 산』의 주인공 한스 카스토르프는 "나는 담배를 피우지 못하는 사람을 이해할 수 없어"라고 말한 바 있다. 카르멘이 박하담배를 피웠던 반면, 한스 카스토르프는 시가를 피웠다. 필터만 남은 꽁초들이 유리병 안에 가득 차 있었고, 그 위로 메모지가 한 장 붙어 있었다. 나는 글씨를 읽어보려고 가까이 다가갔다. 거기엔 한스 카스토르프가 한 말이 적혀 있었다. "담배 없이 지내는 하루는 내게 완전히 무미건조하고, 황량하고, 재미없는 하루일 것이다. 아침에 일어나 오늘 하루를 담배 없이 지내야 한다는 것을 알게 된다면, 나는 자리에서 일어날 용기를 잃어버리고 자리에 계속 누워있게 될 것이다." 이것은 카르멘의 영혼에서 울려나오는 소리였다. 그럼에도 불구하고 그녀는 온 힘을 다해 자신의 욕구를 묻어버리려는 참이었다. 나는 조심스럽게 그 유리무덤에 대해 물어보았다. 그녀가 온화한 어조로 설명했다. 담배에 대한 욕구가 그녀를 사로잡을 때마다 병뚜껑을 열고 코를 들이대볼 생각이라는 것이다. 카르멘이 얼마나 자주 이 꽁초들의 무덤에 코를 내밀었는지 나는 잘 모른다. 하지만 그녀는 석 달도 채 안 돼 빨간 포장의 던힐을 피우기 시작했다. 그 유리병을 통째로 쓰레기통에 던져버리고서.

카르멘과 나는 대학시절을 함께 보냈다. 예전처럼 같은 도시에 살고 있지는 않지만, 우리는 매년 한두 차례 만난다. 그녀는 매력적인 비흡연자와 결혼해서 아홉 살과 열한 살 난 딸을 두었다. 금발에다 성격이 상냥한 아이들이다. 그녀는 지금 서점을 경영하고 있다. 물론 그 안에서는 담배를 피우지 못한다. 예전보다 조금 살이 오르긴 했지만, 카르멘은 결코 뚱뚱하고 멍청한 금발여자가 아니다. 그녀는 자신의 삶을 손아귀에 꽉 움켜쥐고 있다. 애용품이었던 빨간 던힐도 함께.

---- ~

최근에 나는 멜라니를 만난 적이 있다. 그녀는 담배를 하루 열 개비로 줄인 후 이를 유지하려고 애쓰고 있었다. 그녀의 관심은 온통 흡연량 조절에 대한 것뿐이었다. 언제 첫 번째 담배를 피울까? 두 번째 담배는 언제 피우는 게 좋을까? 세 번째 담배는 시간간격을 얼마나 두고 피워야 할까? 하루 종일 그런 식이었다.

조절에 실패해 때 이른 저녁에 열 번째 담배를 피우게 되는 건 아닐까? 열 번째 담배를 피울 때마다 '마지막'이라는 핑계를 대며 열한 번째, 열두 번째 담배까지 피우게 되는 건 아닐까. 마지막 담배에 대한 간절한 열망 때문에 잠 못 이루는 고통을 겪게 된다면 그 얼마나 괴로울 것인가. 그녀는 정말로 절망적인 상황에 처해 있었다.

그녀는 카페에서 내 맞은편에 앉아 담뱃갑을 열었다가 다시 닫고 담배를 꺼냈다가 다시 집어넣는 동작을 몇 번이나 반복했다. 끊임없이 라이터를 만지작거리기도 했다. 하지만 용케도 담뱃불을 붙이지는 않았다. 그저 담배 이야기만 계속할 뿐이었다. 담배에 전적으로 의존하지 않고 즐기는 단계로 들어선 것이 얼마나 기쁜지 모르겠다는 것이다. 그러더니 자제하는 듯한 태도로 담뱃갑에 손을 뻗어 담배한 대를 꺼내 물곤 불을 붙였다.

---- ~

만일 그 순간 누군가 나타나 그녀의 담배를 빼앗으려 했다면 그녀는 아마 살인도 서슴지 않았을 것이다. 그녀는 언젠가 프란치스카 반 알름지크(독일의 수영 선수―옮긴이)가 트랙 끝에서 숨을 들이마시던 것처럼 깊숙이 담배를 빨아들이더니, 세 번째 네 번째 담배연기까지 모두 흡입한 후 우울한 표정으로 담배 끝에 묻은 루즈 자국을 응시했다. 나는 그녀의 이런 모습을 더 이상 보고 있을 수가 없었다. 그래서 그녀가 여섯 번째로 담배를 빨려고 하는 순간 이를 저지했다. 그녀는 공포에 서린 눈을 깜빡거렸다. 내가 그녀에게 충고했다.

멜라니, 내 말을 들어. 이러면 안 돼.

담배를 완전히 끊도록 해!

그녀는 내가 귀에 담지 못할 외설스러운 말이라도 내뱉은 것처럼 나를 노려보았다. "너랑 자고 싶어!"라든가, 아니면 뭐 그 비슷한 말을 하기라도 한 것처럼.

---- ~

나는 열아홉 살에 처음으로 담배를 끊었다. 역구내식당에서 담배를 피우기 시작한 지 2년 뒤였다. 그때 나는 불행한 사랑에 대한 소설, 멜라니에 대한 소설을 결국 미완성으로 끝낸 참이었다. 그 당시 나는 실제로 불행한 사랑에 빠져 있었다. 현실과 허구가 혼합된 상태에서 나는 새로운 삶을 시작해야 한다고 생각했다. 하지만 열아홉의 내게 그것은 너무 어려운 일이었다. 열아홉 살이란 어차피 모든 게 새로 시작되는 나이였다. 나의 동료작가 헤르만 헤세가 말했듯이 모든 시작에는 어떤 신비가 깃들어 있는 법이다. 당시 나는 청년기의 절망감을 가슴에 품고 헤세의 『황야의 이리』를 읽고 있었다. 모든 시작에 깃들어 있는 신비를 우리는 나중에 가서야 기억 속에서 의식하게 된다. 그 일례로 나는 **친애하는 여성독자와 경애하는 남성독자**들께 한 노부인의 이야기를 들려드리고자 한다. 이 부인은 버스정류장에 앉아 손가방 안에 든 작은 푸들의 머리를 긁어주며, 옆에서 담뱃갑을 돌리고 있는 아이들을 곁눈질하

고 있다. 그녀는 두 주 전에 70회 생일을 맞았고, 바로 그 날 저 아이들 또래일 때 피우기 시작했던 담배를 끊었다. 소녀 시절, 그녀의 머릿결은 얼마나 아름다웠던가. 그녀는 목욕을 하고 나면 코에 머리카락을 갖다 대서 향기를 맡곤 했다. 눈은 맑고 투명했으며 장밋빛 피부는 더할 나위 없 이 탱탱했다. 붉은 입술 역시 부드럽고 도톰하기 그지없 다. 그녀는 종종 변성기에 접어든 앳된 청년들과 달콤한 사랑을 나누었다. 젊음의 절정에서 그녀가 맛보았던 첫 담 배는 얼마나 황홀했던가. 추억을 돌이키는 일은 늘 즐거웠 다. 많은 사람들이 첫 담배는 구역질을 일으킨다고 주장했 지만, 그녀만큼은 예외였다. 그녀에게 첫 담배는 실로 경 이로울 만큼 황홀한 맛이었다. 여태껏 그녀가 피워본 담배 중 최고였다. 하지만 그것이 첫 담배인 동시에 마지막 담 배였다면 얼마나 좋았을까. 이 노부인은 54년 전부터 지금 까지 총 385,278개비나 되는 담배를 피웠다. 담배를 끊었 던 두 번의 임신기간을 제외하고, 날마다 20개비의 담배를 피웠던 것이다. 그녀는 담배를 피우고 있는 아이들을 가만 히 바라보았다. 아이들은 저 늙은 마녀가 틀림없이 자기들 을 나무랄 것이라고 생각했다. 하지만 그녀에겐 아이들을 꾸짖고픈 마음이 추호도 없었다. 그저 담배를 한 대 피우 고 싶을 뿐이었다. 그녀는 욕구를 견디지 못하고 푸들이 들어앉은 손가방을 활짝 연다. 그러곤 비상용 이브*Eve*

(10mg, 0.7mg, 10mg)를 꺼내 든다. 하지만 안타깝게도 그녀의 손가방엔 성냥이 없었다. 그녀는 어쩔 수 없이 아이들 중 하나에게 손짓한다. 유명브랜드의 운동화를 신고 7부 바지를 입은 소년이 쪼르르 달려와 상냥하게 담뱃불을 붙여준다. 파란색 물을 들인 아이의 긴 머리가 그녀의 흰 머리에 잠시 와 닿는다. 두 사람은 흐뭇한 표정으로 서로에게 미소를 보낸다. 아이는 다시 친구들에게 달려가고, 노부인은 만족한 표정으로 이브를 피운다. 그녀는 비난에 가득찬 표정으로 자기를 바라보는 푸들에게 퉁명스럽게 말한다. "뭘 봐! 어쩔 건데!!"

---- ～

열아홉의 나이에 나는 멜라니를 향한 사랑이 담긴 내 미완성 소설을 숲에 묻고, 곧 담배를 끊었다. 얼마 후 나는 새 소설을 쓰기로 마음먹었다. 새 삶이 시작된 것이다. 그 소설 역시 멜라니에 대한 것이었다. 내용은 단순했다. 사랑의 상처를 통해 아픔만큼 성숙해진 한 청년이 미처 완성하지 못한 소설을 숲에 파묻고 나서 고향을 떠난다. 그 후 청년이 사랑했던 여자는 그가 자신에게 얼마나 소중한 존재였는지 깨닫는다. 여자는 그를 찾아 도시 곳곳을 헤맨다. 그리고 결국 눈물을 흘리며 그의 목에 매달린다. 이 장면을 나는 장장 세 페이지에 걸쳐 묘사했다. 이들이 죽지 않았다면 여전히 서로 사랑하고 있을 것이다.

그 당시 나는 정말로 고향을 떠났다. 하지만 멜라니 때문이 아니라 대학에 진학하기 위해서였다. 근시가 심했던 나는 병역 의무에서도 면제되었다. 소설에서와 달리 멜라니는 우리가 자라난 소도시를 떠나 대학도시로 나를 따라오지 않았다. '대도시의 정글' — 대도시에 완전히 위압되어 있던 나와 내 소설의 화자는 그렇게 표현했다 — 을 헤매고 다니지도 않았다. 나를 찾아내는 것도 그리 어려운 일이 아니었다. 전화번호부만 찾아보면 되었기 때문이다. 나는 3주 안에 그녀가 전화를 할 거라고 생각했다. 하지만 그녀는 석 달이 지난 후에야 내게 전화를 걸어 한번 만나자고 말했다. 그 무렵 나는 대학도서관에 죽치고 앉아 도서목록 너머로 카르멘의 푸른 눈을 바라보거나 그녀의 박하담배를 나눠 피우며 소일하고 있었기 때문에 **흡연기호가 나올 때만 담배를 피우시기 바랍니다** 별로 어렵지 않게 멜라니의 제안을 받아들였다. 어느 정도는 전화로 약속을 했던 탓도 있었다. 여러 해가 지나면서 나의 불행한 첫사랑은 '가장 오래 사귄 여자친구와의 우정'으로 변질되었다. 기혼이건 미혼이건 간에 남자는 이런 여자친구 없이는 인생을 헤쳐 나갈 수 없다. 크레타와 안네를 제외하고 멜라니만큼 내가 잘 아는 — 성서적 의미에서의 '안다'는 말이 멜라니에게는 해당되지 않지만 — 사람도 없다.

카르멘과 박하담배를 나눠 피우게 된 이후로 **흡연기호가**

나올 때만 담배를 피우시기 바랍니다 나는 멜라니와 나 사이의 사랑을 다룬 두 번째 소설 집필을 중단했다. 물론, 이 미완의 작품을 숲에 묻지는 않았다. 그냥 초고를 모아 쓰레기통에 내다 버렸다. 쓰레기통 뚜껑이 덜그럭 소리를 내며 닫히자 실패에서 오는 일말의 슬픈 감정이 나를 스쳐갔다. 쓰레기를 버리고 다락방 계단을 오르는 순간, 유혹적인 생각이 번뜩 뇌리를 스쳤다. 이 원고를 발신자도 수신자도 없는 봉투에 집어넣어 우체통에 넣는 것이 어떨까. 갓난아이를 키울 능력이 없는 어머니들이 자신의 아이를 교회 문 앞에 버렸던 것처럼 말이다. 그때 정말로 '기묘한 일'이 벌어졌다. 쓰레기통을 함께 쓰는 호기심 많은 이웃사람에게 내 원고의 처분을 맡겨버렸다는 후회가 밀려들었다. 초고에는 내 이름까지 버젓이 적혀 있었다. 아무리 생각해도 경솔한 행동이었다. 나는 얼른 부엌으로 달려가 원고의 시신을 감쌀 비닐봉지를 챙겨 다시 마당으로 내려갔다. 경험 많은 독자들께서는 이미 예상하셨겠지만, 쓰레기통 뚜껑을 열었을 때 내 원고는 거기 없었다. 벌써 사라진 뒤였다. 우스꽝스러울지는 몰라도 잘만하면 이 사건으로부터 흥미진진한 문학적 미래가 전개될 수도 있었을 것이다. 이를테면 이런 식이다;

내가 작가로서 문학적 명성을 얻은 후, 어느 열렬한 독자 — 미모의 여성독자라면 더할 나위가 없겠다 — 가 이 미완성 원고를 내게 다시 보내온다. 약간 때가 묻은 초고를 철해 놓았다면 더욱 낭만적일 것이다. 이 일에 감동을 받은 나는 초기의 실패와 훗날의 성공을 화해시키기 위해, 이 소설을 완성한 다음 '어느 원고의 운명'이라는 제목을 단 후기를 덧붙인다. 나는 막스 브로트가 카프카의 원고를 구해 냈던 것처럼 내 원고를 쓰레기더미에서 건져낸 여성독자에게 이 소설을 헌정한다. 이 소설은 붉은 테두리를 한 잡지(독일 최대의 주간지 〈슈피겔〉을 말함―옮긴이)의 베스트셀러 목록 최상단에 오르고, 모두가 행복과 기쁨을 느낀다.

　하지만 모두 기분 좋은 상상일 뿐이다. 나는 위에서 정말로 '기묘한 일'이 벌어졌다고 말했다. 나는 분명히 내 이름이 표기된 앞장이 아래를 향하도록 한 다음, 오른쪽에서 첫 번째 쓰레기통에 그것을 버렸다. 첫 번째 쓰레기통에는 내 원고가 없었다. 나는 '혹시……' 하는 마음으로 그 옆에 있는 쓰레기통의 뚜껑을 열었다. 원고는 바로 그 안에 들어 있었다. 앞장이 위로 향한 채로. 나는 엄청난 모욕감을 느꼈다. 누군가 이 원고를 발견해 잠시 훑어본 뒤 쓰레기통에 던져버린 게 분명했다. 이 일은 작가로서 경험한 최악의 서평이었다. 그 무렵 내가 카르멘의 박하담배 때문에 금연을 중지하지 않았더라면, 나는 아마 충격에서 헤어나지 못해 다시 담배를 피웠을 것이다.

---- ～

나는 카르멘과 함께 지내는 동안 행복했다. 멜라니와는 친구가 되었다. 행복은 차이와 구분에서 생겨나는 느낌이다. 많은 사람들을 소파 위에 눕게 만들었던 사람이 바로 그런 말을 했다. 프로이트는 추운 겨울밤 난방이 안 된 침실에서 발가락을 이불 밖으로 내놓다가 10분 후 다시 이불 속으로 들여놓았을 때 느끼는 감정이 바로 행복이라고 했다. 담배를 끄는 것은 발을 이불 밖으로 내놓는 것과 같은 행동이다. 감소된 니코틴의 힘을 보충하기 위해 우리는 다시 담배를 집어 든다. 담배를 손에 집어듦으로써 결핍감을 감소시키는 것이다. 우리는 담배를 피우기 때문에 니코틴을 필요로 하고, 니코틴을 필요로 하기 때문에 담배를 피운다. 담배가 담배를 부르는 것이다.

이불 밖으로 발을 뻗고 쌀쌀함을 겪어봐야지만 이불 속에 발을 다시 집어넣었을 때 따뜻함을 느낄 수 있는 법이다. 중독의 비밀은 쾌락을 향한 열망이 아니라 고통과 애무에 있다. 우리는 고통을 이겨내며 담배를 피우는 것이 아니라, 고통 때문에 담배를 피운다. 우리는 흡연 후에야 흡연을 하지 않았을 때처럼 편안함을 느낄 수 있기 때문에 담배를 사랑한다.

프로이트는 니코틴 중독자였다. 그는 죽는 순간까지 시가를 끊지 못했다. 프로이트는 오스트리아가 나치에 합병된 후, 빈에서 런던으로 망명했다가 그곳에서 후두암으로 사망했다. 그는 살만큼 살았고 인생 자체에 지쳐 있었다. 그의 곁에는 안락사를 도와줄 만큼 이해심 깊은 의사도 있었다. 프로이트는 이런 글을 쓴 적이 있다. "50년간 시가는 삶과의 싸움에서 나를 지켜준 보호자이자 방패였다." 코만치가 손에 든 담배의 의미는 분명하다. 하지만 지그문트 프로이트가 입에 문 시가의 의미는 무엇이었을까? 그런 질문을 받았을 때 그는 이렇게 대답했다. "시가는 그저 시가일 뿐이라오."

마찬가지다. 담배는 언제나 담배일 뿐이다. 우리는 이불 밖으로 발을 내밀었다가 다시 들여놓는다. 우리는 폐 속에 타르가 쌓이는 것을 좋아한다. 이것을 부인하는 것은 거짓이거나 위선이다. 우리는 담배 때문에 생기는 구토 증세에 시달리기도 하고, 악취로 고민하기도 한다. 아침부터 기침을 해대면서도 종일 담배를 피운다. 섹스와 담배 중에 하나를 선택해야 한다면, 우리는 늙은 루이스 부뉴엘처럼 담배를 선택할 것이다.

멜라니는 이를 부인할 것이다. 하지만 파울라는 인정할 것이고, 파울은 이 말의 의미를 전혀 이해하지 못할 것이다. 카르멘은 그런 것에 상관하지 않고 아이들을 생각해서 발코니로 나가 담배를 피울 것이다. 철학적인 안네는 "중독은 중독을 부르지"라고 말할 것이다. 반면 크레타는 냉소적으로 이렇게 덧붙일 것이다. "특히 비오는 날 한밤중에 담배가 떨어지면 그렇겠지." 안네는 크레타가 악의에서 그런 말을 하는 게 아니라는 사실을 알기 때문에 이 말을 나쁘게 받아들이지 않을 것이다. 하지만, 내가 알기로 크레타는 악의로 그런 말을 한다. 어쨌든 중요한 것은 안네와 크레타 두 사람이 서로를 이해한다는 점이다.

크레타와 내가 결혼하기 직전, 안네는 우리에게 이렇게 말했다. "인생이란 수많은 초목과 꽃들이 피어 있는 커다란 정원 같은 거야. 이 정원에는 맴도는 길도 있고, 막힌 길도 있어. 풀밭이나 마법의 모퉁이, 냇물, 연못도 있고." 크레타는 이렇게 대꾸했다. "언니 인생에서 가장 중요한 식물은 담배겠지." 안네는 상관치 않고 또 말했다. "정원의 한가운데에는 밝은 곳과 그늘진 곳이 있는 언덕이 있어. 밝은 곳을 양이라고 부르고……."

크레타가 끼어들어 말했다. "그늘진 곳은 음이라고 부르고. 맞아?"

"맞았어!" 안네가 말했다. "그걸 어떻게 알았어?"

---- ～

안네와 처음 사귀기 시작했을 때, 나는 그녀가 둔하다고 생각하지는 않았지만 똑똑하다고 여기지도 않았다. 남자들이 흔히 저지르는 실수다. 제노 코시니가 말했듯 남자들은 '성격과 지성을 포함한 여성 전체'에 대해 다양한 선입관을 갖고 있지만, 안네는 그 어디에도 들어맞지 않았다.

경애하는 남성독자들께는 불쾌한 이야기겠지만, 모든 남성들의 여성관은 고정된 범주를 벗어나지 못한다. 그 한쪽 끝은 요부이고, 다른 끝은 어머니다. 이 두 가지 강력한 여성상의 한가운데에 가정주부라는 종합적 상이 존재한다. 가정주부, 즉 남성들이 생각하는 가정주부는 우리의 감정이 널뛰기하는 중심점이다. 이 중심점에서 한쪽으로 뻗어나가면 모성을 만나고, 다른 쪽으로 뻗어나가면 에로티시즘을 만난다. 둘 중 어느 쪽에 무게중심을 두느냐에 따라 우리의 감정도 함께 오르내린다. 잘못된 연상을 방지하기 위해 말해두자면, 모성적 여성이라고 해서 항상 뚱뚱하고 가슴이 큰 것은 아니다. 또 요부라고 해서 항상 담배를 입에 물고 있지는 않는다. 외양은 결코 중요하지 않다. 문제의 핵심은 현실이 아니라 남자의 영혼이라는 무대 위에 놓여 있다. 이 연극을 연출하는 우리 내면의 감독은 그야말로 철부지 어린아이에 불과하다. 이 철부지 감독이 캐스팅을 도맡아 자신의 무대에 오르내리는 여배우들에게 일방적인 역할과 이미지를 부여한다. 이 역할은 결코 고정된 것이 아니다. 오히려 시시각각 변화한다. 남자들은 자신이 원하는 여성상을 입체적으로 조합하면서 완벽한 여자를 꿈꾼다. 자신을 흥분시키는 매력적인 연인이자 정숙한 아내, 아이들의 어머니이자 그 자신의 어머니이기도 한 여자를. 한 여자에게서 네 가지 여성상을 바라는 것이다. 아마도 필리네는 제노 코시니의 '여성 전체'를 이렇게 해석했기 때문에 그토록 격렬하게 웃어댔을 것이다. 어쨌든 나는 그 덕분에 그녀의 매력적인 가랑이 사이에 떨어진 담뱃재를 치우는 행운을 얻을 수 있었다.

남자들은 감정의 양 극단에 여성의 이미지를 상정해 놓고 현실의 여성에게 그 이미지를 부여하는 일에 골몰한다. 하지만 바로 그 때문에 막상 그 이미지들을 동시에 충족시켜주는 여자를 만나게 되면, 그녀를 변덕스럽고 뭔가 아귀가 맞지 않으며 성찰이 부족하고 심지어 멍청한 여자로 간주한다. 내게는 안네가 바로 그런 여자였다.

함박눈이 펑펑 내리던 날 나는 그녀의 아틀리에에 처음 방문했다. 커튼이 달려있지 않은 창문으로 밖을 내다보니, 지나가는 사람들이 눈송이에 파묻힌 인형들처럼 보였다. 어린아이처럼 신이 난 조물주가 눈을 뿌려대는 모양이다. 나는 외투를 입은 채 안네의 아틀리에에 서 있었다. 머리에 떨어진 눈이 녹아내렸다. 안네는 입가에 담배를 물고 장군처럼 힘차게 물레를 밟아댔다. 두 손으로 흰색 와이셔츠에 매단 넥타이를 풀어 헤친 채. 힘이 넘쳐 보였다. 내 머리에서는 계속 물방울이 떨어졌다. 눈썹 사이로 작은 물줄기가 생긴 것 같았다. 그녀는 담배를 입에서 떼어냈다. 내 기억에 오버슈톨츠*Overstolz(10mg, 0.8mg, 10mg)*였던 것 같다. 그녀는 내게 물레의 작동방식에 대해 자세하게 설명했다. 그녀의 물레는 기하학적 문양을 만드는 씨실-날실의 방식으로 작동하는 게 아니라 작은 실뭉치들이 센티미터 단위로 장면과 인물을 엮어내는 방식으로 움직인다고 했다. 당시 안네는 양탄자 짜는 일로 생계를 유지했다. 하지만 생활비를 충당하기에는 턱없이 부족했다. 나중에 그녀는 양탄자 예술가로서 명성을 얻어 상까지 받게 되지만, 이때만 해도 생활비가 모자라 부업을 해야 했다. 지인들이 소개해 준 고객들에게 맞춤 스웨터, 벙어리장갑, 목도리 등을 짜주는 일이었다.

　나는 신발에 묻은 눈이 녹아 생긴 작은 물웅덩이 위에 힘겹게 서 있었다. 안네는 물레 주위를 돌아다녔다. 그녀는 이 물레를 입석극장이라고 불렀다. 실뭉치로 만들어낸 스크린 위에 장면들이 연출되기 때문이라는 것이다. 안네는 자기 일의 수공업적 측면에 대해 설명을 마치더니 이번에는 예술적인 측면에 대해 이야기하기 시작했다. 안네는 이야기를 하는 동안 나를 계속 넘겨다보았지만, 실제로는 나의 존재를 까맣게 잊고 있는 듯했다. 길에 누군가가 우연히 서 있듯이, 그저 아틀리에에 누군가가 서 있다고 여기는 것 같았다.

　안네는 나와 필리네의 나이 차이만큼이나 나보다 나이가 많았다. 나는 청년기 후반의 남자가 중년 여인에게 지니는 관심과 동정이 혼합된 감정으로 그녀를 대했다. 하지만 필리네가 나를 중년남자로 여기리라고는 생각하지 않았다.

안네의 강의는 물레에서 뜨개질로 넘어갔다. 나는 그녀의 강의를 경청했다. 그녀는 섬유의 형태와 인간 형상 사이의 관계에 대해, 그리고 이때 색깔이 어떤 역할을 하는가에 대해 설명했다. 불편한 느낌이 들었다. 차라리 나가버리고 싶었지만 내색은 하지 않았다. 그저 미동도 없이 그대로 서 있었다. 그녀는 접시 위에 담배를 내려놓고 물레를 한 바퀴 둘러본 후, 새로 담배를 붙여 물었다. 먼저 피우던 담배는 이미 다 타버려 재로 변해 있었다. 나도 담배를 한 대 피우고 싶었지만 남아 있는 게 없었다. 눈길을 헤치고 들어와서 담배부터 빌려 피우고 싶지는 않았다. 안네는 내게 외투를 벗으라는 말조차 하지 않았다. 중년의 여자에게 기대할 법한 친절함이라곤 찾아볼 수 없었다. 어느새 땀이 나기 시작했다. 눈 녹은 물이 아니라 땀이 흘러내리고 있었다. 안네가 물레 주변을 돌다 멈춰 섰다. 그리고 담배를 내려놓더니, 나를 골똘히 쳐다보며 말했다.

"파란색이야! 파란색. 그 색이 잘 어울리겠어. 밝은 색과 어두운 색 패치를 달면 되겠군. 외투 좀 벗어봐. 치수를 재보자구."

나는 외투를 벗고 물웅덩이 위에 멍하게 서 있었다.

"복도에 털실내화가 있을 거야. 그걸로 갈아 신고 와."

나는 커다란 실내화를 신은 채 반질반질한 마루 위에서 몸을 돌렸고, 안네는 치수를 쟀다. 여전히 황당하고 멍한 기분이었다. 하지만 그녀가 내 몸 치수를 재는 동안 차츰 기분이 나아졌다. 안네는 내 몸을 여기저기 잡아당기며, 팔 길이, 어깨 넓이, 허리 등을 쟀다. 안네가 줄자를 내 목에 걸 때, 그녀의 손가락에서 짙은 담배냄새가 났다.

---- ~

스웨터가 완성되던 날 우리의 관계가 시작되었다. 나는 필리네 때문에 느꼈던 마음의 고통을 그녀에게 털어놓았다. '하부구조'에 변화를 일으킨 필리네가 무심히 이별을 통보해 온 지 얼마 지나지 않은 때였다. 나는 울먹이면서 물레에 기대 앉아 내 담배를 모두 피운 후, 그녀의 담뱃갑까지 비워버렸다.

그러나 안네는 내 말에 귀 기울이지 않았다. 이런 경우에 취할 수 있는 가장 현명한 태도일 것이다. 하지만 안네는 가끔 "흠" 소리를 내며 고개를 들고 진지한 표정을 지었다. 그녀는 스웨터에 팔소매를 달고 있었다. 일이 끝나자 그녀는 나를 일으켜 세웠다. 손수 짠 스웨터를 내게 입혀주고 복도에 있는 커다란 거울 앞으로 나를 데리고 갔다.

"한번 웃어 봐."

거울 속에 눈물이 글썽글썽한 내 얼굴이 보였다. 나는 약간의 수치심을 느꼈지만, 그녀의 말에 따르려고 입술 끝을 들어 올렸다. 웃으려고 애를 썼다.

"웃어보라니까."

그녀가 내 옆에 서서 거울 속의 나를 가리키며 말했다.

"파란색이야. 내가 말했지? 너한테는 파란색이 잘 어울릴 거라고. 이제 이건 당신 색깔이야."

파란색은 정말 내게 잘 어울렸다. 나는 사랑의 고통과 그로 인해 피워댄 수많은 담배 때문에 안 좋은 상태였지만, 거울 속의 안네에게 애써 미소를 지었다.

"이 옷은 여자처럼 벗어야 해. 그렇게 하겠다고 약속해. 남자들이 하는 식으로 옷을 벗으면 등이 헐거워질 거야."

그러더니 안네가 내 옷을 하나하나 벗겼다. 모든 것이 자연스럽게 이루어졌다. 아름다운 경험이었다. 그녀와 사랑을 나눈 몇 주 동안 나는 그녀의 집을 찾아갈 때면 언제나 이 스웨터를 챙겨 입었다. 그녀의 충고대로 옷을 벗을 때면 항상 여자처럼 벗는 것도 잊지 않았다. 물론 집에서는 평소처럼 아무렇게나 벗었다.

몇 주 후 우리는 같이 자는 일을 그만 두고 친구가 되었다. 크레타와 내가 시청에서 결혼신고서에 서명을 하고 반지를 교환할 때도 안네가 증인을 서 주었다. 나는 아직도 그녀가 짜 준 스웨터를 간직하고 있다. 이 옷이 내가 가진 유일한 스웨터다. 스웨터는 안네와 함께 있을 때만 편하게 느껴졌다. 사실, 스웨터는 손빨래를 해야 하기 때문에 흡연자에게는 비실용적인 옷이다. 나는 대학생 때처럼 여전히 청바지와 점퍼를 즐겨 입었다. 예전에 필리네가 나더러 스웨터가 잘 어울리는 타입이라고 한 적이 있다. 나는 이것이 모욕일 수도 있다는 것을 눈치 채지 못했다. 그래서 그녀와 결혼하겠다는 비밀계획에 따라 먼저 담배를 끊고 나서 멋진 스웨터를 사 입어야겠다고 마음먹었다. 하지만 필리네의 계획은 너무 빨리 변해서 내게 그럴 만한 기회를 주지 않았다. 필리네는 내가 자기와 결혼하려 한다는 사실을 조금도 눈치 채지 못했다. 우리는 서로의 로맨스를 검증하고 이에 대해 토론해볼 기회도 갖지 못한 채 멀어졌다.

필리네는 나비 같은 존재였다. 지구의 한쪽 끝에서 날갯짓을 해서 다른 쪽 끝에 폭풍을 일으키는 그런 나비. 내게 스웨터가 어울린다고 말함으로써 그녀는 나를 안네의 품에 안기게 했다. 나는 안네의 아틀리에를 작은 광고란에서 발견했었다. 그리고 내가 졸업시험을 마친 후, 다시 소설 집필을 시작하고 담배를 끊겠다는 결심을 했을 때, 크레타 행을 권했던 사람도 바로 안네였다.

장 니코의 세 가지 과업

매미 울음소리가 크레타 섬을 뒤흔들었다. 저물녘이었다. 나는 낮과 밤이 교차되는 그 순간을 사랑했다. 눈에 보이지 않은 수많은 곤충들이 키틴질의 날개를 비벼대며 영원의 소리를 들려주고 있었다. 저물녘의 크레타는 지금까지 항상 그랬듯 앞으로도 그럴 것이다. 마음이 편안해졌다. 이런 생각은 언덕 위에 홀로 자리 잡은 고즈넉한 집과 올리브 나무가 즐비한 풍경에 잘 어울렸다. 올리브 나무 사이에는 돌을 매단 그물망이 쳐 있었다. 수확기가 되면 이곳 사람들은 나무막대기로 가지를 두드려 열매를 그물망 위로 떨어지게 했다. 한낮의 파란 하늘과 열기가 힘을 잃고 저녁노을이 대지를 붉게 물들이기 시작하면, 테라스에 나와 앉아 매미들의 합창에 귀를 기울였다. 이어지는 밤의 냉기와 정적을 만끽하면서 별이 떠오르기를 기다렸다. 또 매일 저녁 털북숭이 들개가 나타나기를 기다렸다. 이 들개는 밤이 되기 직전에 코를 쿵쿵대며 거리를 지나가곤 했다. 메리메의 카르멘은 "Chuquel sos pirela, cocal terela"라는 말을 한 적이 있다. "여기저기 돌아다니는 개가 뼈를 줍는 법"이라는 뜻이다. 그 들개가 지나가면 나는 집 안으로 들어가 와인을 꺼내왔다. 마을 식당의 오크통에서 손수 받아온 와인이었다. 그리고선 치즈, 올리브, 빵을 손으로 집어먹고, 크레타 산 와인을 한 모금 마신 후 값싼 그리스 담배를 피웠다. 밤이 깊어질 때까지 테라스에 앉아 매미소리와 밤바다 소리에 귀를 기울였다. 때로는 멀리 계곡 쪽에서 개 짖는 소리가 들려오기도 했다. 밤이 되면 주인을 잃은 개들이 깊은 계곡을 떠돌아다녔다. 낮 동안 독수리들의 점령지가 되었던 그 계곡은 밤이 되면 외로운 들개들의 거처가 되었다.

나는 금연을 하지 않기로 결심했다. 새로운 소설도 쓰지 않기로 했다. 아무런 목표도, 노력도, 의지도, 나아갈 길도 없었다. 영원과 나, 투명한 잔에 든 검붉은 와인, 어둠 속에서 불타는 담배만이 존재할 뿐이었다. ----~ 아, 매우 낭만적인 나날들이었다. ----~ 적어도 권태를 느끼기 전까지는.

낮이면 나는 피아트 판다를 몰고 섬을 돌아다녔다. 열기가 작열하는 대낮이면 암벽의 동굴 속으로 숨어들어 멀리 펼쳐진 쪽빛 바다를 바라보았다. 저녁이면 치즈와 와인, 담배 등을 사러 마을로 내려갔다. 밤이 되면 영원을 느꼈다. 적어도 일주일 동안은 그랬다. 일주일이 지나자 미래에 대한 걱정 때문에 마음이 산란해졌다. 나는 앞으로 어떻게 살아가야 할지를 생각했다. 대학시절은 이제 끝났고 졸업시험도 통과했다. 현실 속 인디언의 삶을 회피하기에는 이제 나이가 너무 많았다. 더군다나 나는 현실을 소설로 대체해서, 즉 '허구'의 세계를 통해 돈을 벌어 현실의 삶을 유지하는 일도 아직 이루어내지 못한 처지였다. 한마디로 먹고 살 일을 걱정할 나이가 된 것이다. 우선 나는 신문사 문화부의 견습기자 제의를 받아들여야 할지를 결정해야 했다. 카르멘이 주선해준 자리였다. 정확히 말하면 장차 그녀의 남편이 될 사람이 주선해준 것이었다. 그 남자에게는 형이 있었는데, 이 형의 부인이 — 인간관계란 항상 너무 복잡하다 — 신문사에 있었다.

카르멘은 나의 도피행각을 몰랐다. 나를 위한 자리가 아니었던 그녀의 침대 위에서 그녀에게 『제노의 의식』을 읽어주기 시작했을 때 우리는 이미 헤어진 상태였다. 그 무렵 카르멘은 어떤 남자에게 구애를 받던 참이었다. 이들은 아직도 결혼을 미룬 채 동거하고 있다. 둘은 영리함과 인내심이 넘치는 행복한 한 쌍이었다. 크레타와 내게는 바로 이 영리함과 인내심이 부족했다. 특히 내가 파울라와 사랑에 빠졌다가 다시 갈라섰을 때 그 사실이 자명해졌다. 우리에게는 그 미덕이 결여되어 있었다. 카르멘은 내게 졸업

시험을 치르라고 강권했다. 그녀가 아니었다면 나는 더 늦게, 아니면 — 누가 알랴 — 영원히 졸업시험을 치르지 못했을 것이다.

카르멘과의 관계에는 안네와 비슷한 데가 있었다. 나는 안네를 매우 좋아했지만 제대로 이해하지는 못했다. 안네가 공예인으로서 뛰어난 재능을 가지고 있다는 것을 분명히 알게 되기 전까지 나는 은근히 학벌이 별 볼일 없다는 이유로 그녀를 폄하했다. 하지만 후에 그녀는 직물공예로 명성을 얻었고 갤러리와 박물관에서도 그녀의 작품을 사들이기 시작했다.

카르멘의 경우도 다르지 않았다. 나는 그녀를 무척 강한 사람이라고 생각했다. 어린 아들이 엄마에게 원하는 그런 종류의 강건함을 그녀에게 느꼈던 것 같다. 하지만 동시에 나는 그녀를 경시했다. 그녀의 온화함을 장점이 아닌 약점으로 간주한 것이다. 용서받지 못할 실수였다.

크레타 섬에서 보낸 열 번째 밤에 나는 견습기자가 되기로 결심했다. 결단을 내린 기쁨에 들떠 금연 결심도 했다. 나는 반 갑이나 남은 담배를 모두 부러뜨려 내버리고, 입에 물고 있던 담배도 술잔에 남은 와인에 익사시켜 버렸다. 정말 대단한 만용이었다. 다음날 낮에 무슨 이유에서인지 모든 상점이 문을 닫았다. 심지어 주유소도 닫혀 있었다. 내 판다에는 기름이 조금밖에 남아 있지 않았다. 담배 생각이 너무 간절했다. 이날 오전 내내 나는 모든 것을 행운에 맡기고 다른 마을까지 차를 몰고 가는 위험을 무릅써볼 것인가에 대해 곰곰이 생각했다. 제대로 가기만 하면 그곳에서 담배도 사고 주유소도 찾을 수 있을 거라고 생각한 것이다. 고민하는 사이 털북숭이 들개가 혀를 늘어뜨리고 코를 쿵쿵거리며 길을 따라 내려가는 게 보였다. 정오 무렵이었다. 밝은 낮에 이 들개를 본 것은 그때가 처음이자 마지막이었다. 나는 지난 밤 기만적인 환희에 들떠 담배를 부러뜨려버린 내 자신을 저주했다. 저녁 내내 들려온 매미소리와 영원의 느낌이 몸서리치도록 끔찍했다. 나는 갈증에 시달리던 들개처럼 마을로 걸어 내려갔다. 사람들이 광장 주변 벤치에 앉아 담배를 피우고 있었다. 그 평화로운 광경을 보니 나도 세상의 모든 것과 화해할 수 있을 것 같았다. 술집과 주유소의 문도 다시 열려 있었다. 나는 목을 긁어대는 거친 그리스 담배를 사서 세 대를 연속으로 피웠다. ----~ 그러자 신경이 누그러졌다. 마음속에 번져가는 모멸감조차 느긋하게 즐길 수 있었다. 사람들이 모멸감에 대해 뭐라고 말하건 말건 신경 쓰고 싶지 않았다. 견습기자가 되겠다는 내 결심은 여전히 반석처럼 확고했다. 심지어 나는 새 출발을 향한 의지가 매미소리의 영원함에 파묻히지 않도록 여행 기간을 일주일 단축하기로 했다.

다음날 아침 남은 기름으로 간신히 마을 광장까지 차를 몰고 가 주유를 하고, 드라이브를 했다. 계곡에는 독수리들이 하늘을 맴돌고 있었고, 하늘은 바다처럼 푸르렀고 대기는 열기에 흐늘거렸다. 나는 고원에 이르는 좁은 길을 따라 조심스럽게 판다를 몰았다. 길은 가팔랐다. 아스팔트도 깔려 있지 않았다. 판다도 나도 숨을 헐떡거릴 만큼 힘이 들었다. 사람 그림자조차 보이지 않았다. 그런 데서 2단 기어를 넣고 차를 몰다가 엔진이 과열되어 덜컥 서기라도 한다면 어떡할 것인가. 조금도 유쾌한 상상이 아니었다. 나는 산 위의 태양을 바라보았다. 그때 갑자기 길 위에 노새 한 마리가 서 있는 게 보였다. 오려놓은 실루엣 같은 모양이었다. 노새는 경적 소리를 울려대도 꿈쩍하지 않았다. 나는 몇 번쯤 경적을 울리다 차를 세우고 시동을 껐다. 노새는 기다란 두 귀만 팔랑거릴 뿐 내 쪽으로 머리조차 돌리지 않았다. 나는 천천히 노새에게 다가갔다. 그리고 놈을 진정시키기 위해 차분히 말을 건넸다. 정작 진정시켜야 할 것은 나 자신이었는데 말이다. 잘못하다간 노새의 뒷발에 걷어채일지도 모르는 일이었다. 나는 2미터 정도 거리를 두고 다가가 "쉬쉬", "쉬쉬" 하고 소리쳤다. 하지만 그런 식으로는 고양이조차 움직이지 않을 게 뻔했다. 놀래어 달아나게 하기엔 너무 뜨거운 날씨였다. 내가 아무리 팔을 휘두르며 "쉬쉬" 소리를 질러도 노새는 꿈쩍도 하지 않았다. 그때 갑자기 덜거덕거리는 소음이 들리더니, 자동차 한 대가 커브를 돌아 노새를 향해 내려오는 것이 보였다. 그 차도 판다였다. 역광이었기 때문에 차에 타고 있는 사람은 잘 보이지 않았다. 그는 노새가 길을 가로막고 있는데도 경적조차 울리지 않았다. 판다는 노새와 불과 몇 걸음 떨어진 곳에 멈춰 섰다. 삐걱거리는 소리를 내며 문이 열렸다. 그리고 내 인생에서 단 한 번도 보지 못한 아름다운 여자가 차에서 내렸다. 판다에서 내리는 여자가 크레타라는 것을 이미 알고 있을 **경애하는 남성독자와 친애하는 여성독자**께서는 아마도 내 말이 과장이라고 생각할 것이다. 사랑은 눈을 멀게 한다는 말을 들으니 차라리 그녀에 대해 묘사하는 것을 단념하고, 우리 사이에 이루어진 대화로 곧장 넘어가야겠다.

"이 노새는 자주 여기에 서 있어요. 이 자리를 좋아하나 봐요." 그녀는 이렇게 말하며 선글라스를 머리 위로 밀어 올리고 내 눈을 바라보았다. 그녀의 오른쪽 눈에 박힌 호박색 반점을 보자 가슴이 마구 두근거렸다. 그녀의 눈길 아래서 내 영혼은 싱싱한 초록빛으로 물들어갔다. 마침내 내가 입을 열었다.

"이놈을 잘 아세요?"

"잘 안다고 하면 과장일 테고, 누구의 노새인지 알 뿐이에요."

"이제 어떻게 해야 하나요?"

"밀어야지요."

"그게 잘 될까요? 이놈은 자동차가 아닌데요."

그녀는 노새를 이리저리 밀어대기 시작했다. 자신이 아는 한 이 노새는 사람을 물지 않는다고 했다. 그녀가 확언하는 바람에 나도 얼떨결에 노새를 밀기 시작했다. 노새가 정말로 발걸음을 땠다. 하지만 곧 멈춰 섰다. 그러더니 놈은 천천히 길에서 물러나 좁은 길을 따라 암벽 뒤로 사라졌다. 우리는 담배를 피워 물고 노새냄새를 풍기는 손가락에 담배연기를 뿜어대며 함께 웃음을 터뜨렸다. 아, 금연을 포기한 게 얼마나 잘한 일이었던가.

---- ~

노새를 길에서 밀어낸 후, 우리는 서로 가까운 곳에 숙박하고 있다는 것을 알게 되었다. 비단 이곳 크레타에서만이 아니었다. 우리는 같은 도시에 살고 있었고 처지도 비슷했다. 그녀도 나처럼 조용한 곳에서 혼자 지내며 진로를 결정하기 위해 이 섬에 온 터였다. 그녀는 수습교사연수를 받으러 학교에 나갈 것인가 하는 문제로 고민하는 중이었다.

"수습교사연수를 마치면 선생이 되겠지요. 그렇게 결정을 내리면, 계속 그 길을 가게 될 거고요. 나는 그걸 잘 알아요." 마을광장의 레스토랑에서 와인을 곁들여 저녁식사를 하는 동안 그녀가 말했다.

그녀는 생각에 잠긴 채 로트 핸들레를 입에 물고 연기를 내뿜었다. "하지만 내가 좋은 교사가 될 수 있을지, 확신이 서질 않아요."

그녀는 나보다 두 살이 어렸다. 하지만 여성이 남성보다 성장이 조금 빠른 탓인지 그녀가 더 성숙해 보였다. 인생에는 이런저런 결정을 내려야 할 순간이 있는 법이다. 그녀도 이 사실을 잘 알고 있었다. 담배를 끊는 일이나, 내가 어제 곰곰이 생각하다 여행기간을 단축한 것처럼 간단하지 않은 결정을 내려야 하는 순간들이. 나는 그녀가 이곳에 있는 동안만큼 여행기간을 연장했다. 매일 저녁 나는 덜덜거리는 판다가 언덕 위로 올라오기를 기다렸다가 그녀가 도착하면 테라스에 술잔을 준비하고, 와인을 꺼내왔다. 우리는 치즈, 빵, 올리브를 손으로 집어먹으며 지는 해를 바라보고, 매미소리에 귀를 기울이며 담배를 피웠다. 한번은 그녀가 내 반대를 무릅쓰고 개를 불러들이려고 했다. 하지만 다행스럽게도 그 개는 계곡을 향해 줄행랑을 쳤다.

테라스에서 밤을 함께 보내면서 나는 몇 달 전에 졸업시험을 통과했고, 며칠 전에 견습기자가 되기로 결심했다는 것을 털어놓았다. 그러나 작가가 되려 한다는 이야기는 하지 않았다. 멜라니와 카르멘, 필리네와 안네는 내가 글을 쓴다는 것을 알고 있었다. 하지만 크레타에게는 그것을 밝히고 싶지 않았다. 크레타의 눈에 소설 쓰는 일이 그리 남자다운 일로 비치지 않을 게 뻔했기 때문이다. 나는 결국 내면의 경고를 따랐다.

소설을 즐겨 읽기는 하지만 꿈에서라도 소설과 현실을 혼동하지 않을 **친애하는 여성독자**들께서는 이 점에서 크레타와 의견이 같을 것이다. 가엾은 코시니는 "여자들은 글이 쓰인 종이를 그리 진지하게 여기지 않는다"라고 말한 바 있다. 대다수의 여자들은 문학을 동경한다. 그러면서도 문학을 업으로 삼은 작가들을 인조비단 같은 하급 남성으로 치부하는 경향이 있다. 우리는 한 번이라도 거짓말을 한 사람을 더 이상 믿지 않는다. 하물며 허구의 이야기나 지어내는 남자의 맹세를 어떤 여자가 믿을 것인가. 현실보다 허구를 선호하는 건 작가들과 입에 화상을 입은 소년뿐이다. 그러니 **경애하는 남성독자**들께서는 대부분의 여자들이 입에 발린 '말'을 사랑한다고 한탄하지 말기 바란다. 여자들은 사실 '말'보다 '행동'을 더 좋아한다.

---- ~

남자가 여자를 대할 때 항상 한 가지 생각만 한다는 건 옳은 말이 아니다. 그들은 다만 '정력'에 문제가 있는 것으로 보일까봐 그런 척할 뿐이다. 하지만 남자들이 언제나 한 가지 일밖에 하지 못한다는 건 맞는 말이다. 물론 시저나 나폴레옹처럼 한 번에 여러 가지 일을 해낸 남자도 있

기는 하지만. 반면 여자들에겐 이것이 당연한 능력이다. 매미소리가 울려 퍼지던 우리의 신혼시절 밤 — 사실 예상도 하지 못했던 일이다 — 에 크레타는 소파 반대쪽에 누워 그날의 마지막 담배 세 개비를 피우고, 포도주를 홀짝거리고, 음악을 듣고, 발가락으로 나를 간질이면서, 나의 미완성 소설『장 니코의 세 가지 과업』을 읽었다. 나는 책을 읽거나, 음악을 듣거나, 발가락으로 크레타를 간질이면서 장난을 치곤했다. 포도주를 마시면서 담배를 피우는 것만은 동시에 할 수 있었다. 크레타가 음악을 듣고, 담배를 피우고, 와인을 마시고, 발가락으로 나를 간질이면서『장 니코의 세 가지 과업』을 읽을 때, 나는 가랑이 사이에 그녀의 발을 끼운 채 한 손에는 와인을 들고 한 손으로는 담배를 피우며 누워 있었다. 나는 내 소설을 읽는 그녀를 주시했다. 그녀가 미소를 지으면 나도 미소를 지었고, 그녀가 눈을 치켜뜨면 나도 눈을 치켜떴다. 때때로 그녀가 하품을 하면 나는 절망에 빠져 담배 두 개비를 연달아 피웠다. 크레타는 이것을 매우 못마땅해했다.

---- ∼

---- ∼

자기 작품을 읽는 사람을 관찰하는 건 정말 매혹적인 일이다. 작가가 옆에 있다는 것을 그 사람이 모르고 있는 경우에는 더욱 그렇다. 동료들과 함께 지하철을 타고 다니던

기자 시절, 나는 우리처럼 글을 업으로 삼은 사람들이 독자들 때문에 흥분하는 모습을 자주 목격했다. 편집국이 자신의 글을 어떻게 생각하는지 따위엔 전혀 개의치 않던 냉정한 프로 기자들도 마찬가지였다. 흥분에 사로잡힌 기자의 얼굴을 관찰하는 것은 무척 흥미로운 일이다. 나도 그런 경험을 한 적이 있다. 그것은 흥미로운 일 이상이었다. 그것은 뭐라고 할까 …… 뭐랄까 …… 황홀한 일이었다.

지하철 객차 안에서였다. 나는 객차 손잡이를 잡고 서서, 신문을 읽고 있는 30대 중반의 매력적인 여성을 바라보고 있었다. 그녀는 우리 신문사에서 발행된 신문을 힘차게 넘기던 중이었다. 그러다가 내가 쓴 기사가 있는 부분에 이르렀다. 계속 넘길 것인가? 멈출 것인가? 읽고 있는 것인가? 만약 읽고 있다면 얼마나 오랫동안 읽을 것인가? 그녀의 손길이 거기서 딱 멈췄다. 그녀가 입술을 달싹였다. 하지만 뭐라고 하는 소리인지 알 수 없었다. 그녀는 다시 기사를 읽기 시작했고, 덩달아 내 심장도 두근거렸다. 그녀의 시선이 옆으로 그리고 다시 아래로 기사의 행과 란을 따라 교차했다. 계속 읽어! 계속 읽으라고! 그녀의 눈이 다음 칸 위로 건너가더니 다시 아래로 행을 따라 내려갔다. 내가 고심하며 썼던 부분을 읽고 있는 모양이었다. 아, 그녀는 그 부분도 잘 넘어가고 있었다. 그녀가 또다시 입술을 움직였다. 기사에서 눈을 돌리지는 않았다. 잘 했어!

아주 잘 했어! 계속 읽어! 제발 계속 읽어! 그때 그녀가 갑자기 고개를 들더니 내 눈을 정면으로 바라보았다. 지하철에서 손잡이를 붙잡은 채 자신을 응시하는 사내들에게 사뭇 염증이 난다는 표정이었다. 나는 수치심에 고개를 숙이고, 신문 넘기는 소리가 나기만 기다렸다. 약간 바스락거리는 소리가 났지만, 신문 넘기는 소리는 나지 않았다. 그녀는 페이지를 넘기지 않고, 그 기사를 끝까지 다 읽었다. 나는 행복했다. 남자들이 하는 말 가운데 가장 어리석은 걸 묻고 싶은 마음이 굴뚝같았다. "나 어땠어요?" 나는 머릿속을 맴도는 바보 같은 생각을 겨우 진정시켰다. 내가 쓴 기사입니다. 멋진 글이지요? 안 그래요? 하지만 지금 그녀는 나를 지하철에서 넋 나간 듯 여자나 쳐다보는 한심하고 멍청한 놈으로 여기고 있다. 그녀가 나에 대해 어떻게 생각하는지 알 수만 있다면! 아니 내가 아니라 — 나에 대해 어떻게 생각하는지는 나를 보는 그녀의 눈빛을 통해 역력히 알 수 있었다 — 내 글에 대해.

　신문기사가 아니라 책이라면 흥분의 강도가 더욱 커질 것이다. 예를 들어 **친애하는 여성독자**와 **경애하는 남성독자**가 지금 손에 들고 계신 바로 이 책의 경우라면 말이다. 당신이 지금 기차를 타고 바로 내 앞에 앉아있다고 상상해보자. 우리는 지금 흡연객차 바로 다음 칸인 비흡연객차에 앉아있다. 공기가 훨씬 깨끗하다. 마음만 먹으면 얼마든지 열반의 경지에 이르렀다 돌아올 수도 있다. 당신은 지금 막 앞 칸에서 이 칸으로 건너왔다. 입과 몸에서 담배냄새가 풍긴다. 나는 한 마디도 하지 않고 글을 쓰고 있다. 당신은 편한 자세를 취하고, 지금 읽고 있는 바로 이 책을 가방에서 꺼낸다. 나는 표지를 보고 긴장하여, 당신이 이 소설을 어떻게 생각할지, 당신이 다시 일어나 열반을 향해 발걸음을 옮길 때까지 시간이 얼마나 걸릴지 궁금해하기 시작한다. **흡연기호가 나올 때만 담배를 피우시기 바랍니다.** 하지만 당신은 규칙을 지키느라 아무 때나 담배를 피우러 가지 않는다. 이 장을 건너뛰지 않으시기 바랍니다. 당신은 나직이 한숨을 쉰다. 내게는 너무도 매혹적인 모습이다. 앞으로 어떤 일이 벌어질까에 대한 호기심만 없다면, 즉시 그 자리에서 일어나 담배를 피우러 갔을 것이다. 이 소설을 흥미롭게 읽을 것인가, 잡소리에 점차로 싫증을 느낄 것인가, 얼마나 빨리 읽어내려 갈 것인가, 어떻게 책장을 넘길 것인가. 책장을 넘기는 것은 일종의 기술이지만, 손가락에 침을 묻히기보다는 차라리 담배를 피우러 가시는 것이 나을 것이다. **흡연기호가 나올 때만 담배를 피우시기 바랍니다.** 표정을 드러내며 읽을 것인가 아니면 마음속으로만 읽을 것인가. 만약 당신이 눈썹을 찡긋거리고 표정을 지어가며 이 책을 읽고 있다면 나는 이 책이 얼마큼 당신의 마음을 끄는지 즉시 알아챌 수 있다. 책 읽는 사람의 눈빛만큼 매력적인 것은 없다. 사랑에 빠진 사람의 눈길을 제외하고는 말이다. 책등이 휘어져 있다면 그것은 십중팔구 독자에게 사랑받고 있다는 증거다. 이는 작가에게 최상의 칭찬이다. 문학상을 받거나, 서평이 좋게 나오거나, 서점의 계산대 가까운 곳에 책이 쌓여 있는 것도 작가에게 좋은 일이지만 최상의 칭찬은 아니다. 최상의 칭찬은 여러 번 읽은 탓에 등이 휘어진 책을 독자가 들고 있는 것을 보는 일이다. 나는 등이 휘어진 내 책을 뿌듯해 하며 다른 칸으로 건너간다. **흡연기호가 나올 때만 담배를 피우시기 바랍니다.**

다른 사람이 자신의 글을 읽는 걸 볼 때만큼 에로틱한 사건은 없다. 마치 몰래카메라를 볼 때처럼 묘하게 흥분이 된다. 물론 내가 소파 위에서 크레타와 애정을 나누는 것은 이와 무관하다. 갓 출간된 자기 책이 눈앞에 놓여 있는 것도 자극적이다. 자신의 이름이 인쇄된 첫 번째 책을 볼 때의 황홀함은 담배를 처음 피울 때 느끼는 것보다 훨씬 강렬하다. 어쨌든 경험이 풍부한 작가는 노련한 흡연자처럼 자극의 강도를 유지하기 위해 글을 쓰는 동안 점점 더 자주 담배를 피운다.

---- ~

크레타가 내 원고를 소파 옆에 내려놓더니 손으로 오늘의 마지막 담배를 찾아 더듬거린다. 그리고 하품을 한다. 내게는 그 모습이 꼭 암사자처럼 보인다. 앞발 사이에 먹

이를 붙잡아놓고도 냉큼 잡아먹지 않는 무서운 암사자. 그녀는 원고를 멀찌감치 밀어놓고 기지개를 켜다가, 우연히 내 가랑이 부근을 건드린다. 하지만 이런 자극은 지금 나에게, 심지어 내 테스토스테론에게도 아무런 의미가 없다. 크레타가 하품을 하며 원고를 치워놓은 후, 내가 줄곧 생각하고 있던 것은 한 가지뿐이었다.

그래 어때? 어떻게 읽었어?

크레타가 또다시 하품을 한다. 그녀는 학교에서 두 시간 국어를 가르치고 두 시간 수학을 가르치면서 힘든 하루를 보냈다. 그 후에는 교사회의도 있었다. 크레타는 교사회의를 무척 싫어했다. 갑자기 크레타가 오늘 회의는 특별히 지겨웠다며 푸념을 늘어놓는다. 학생들의 흡연 문제로 또다시 논쟁을 벌였다는 것이다. 역사 선생이 이 문제에 대해 어리석은 소리를 지껄이자, 화학 선생이 이를 받아 더 멍청한 답변을 늘어놓았고, 그러자 다시 생물 선생이……

"크레에에에타아아아!"

"왜 그래?"

"새로 추가한 부분의 도입부 어때? 괜찮아?"

"좋아, 아주 좋아, 정말로 아주 좋아."

대체 '우'라는 거야, '미'라는 거야, '양'이라는 거야, '가'라는 거야? '수'는 절대로 아닐 것이고. 나는 미칠 지경이었다.

---- ~

장 니코의 첫 번째 과업

당신이 16세기 중반에 살고 있다고 가정하자.

아직 담배가 널리 보급되지 않았을 무렵이다.

그래도 사람들은 생활을 영위하고 사랑을 나누었다.

때로는 행복하고, 때로는 권태로웠다.

때로는 행복하기 때문에 권태로웠다.

하지만 그들은 담배 없이도 무난히 살아나갔다.

이러한 역사적 사실을 받아들이기 어렵다면,

발코니로 나가 오드리 헵번과 형사 콜롬보가 나오는 91쪽을

펼치시기 바란다. 발코니에서 충분히 담배를 피운 후,

16세기의 생활환경을 받아들일 준비가 되었으면,

다시 돌아와도 좋다.

　장 니코는 레이스 장식을 단 흰 목깃 속으로 손가락을 집어넣어 몸을 긁적거렸다. 그리고는 두 손을 책상 위에 짚은 채 머리를 숙여 눈앞에 펼쳐진 세계지도를 내려다보았다. 밤이었다. 창문에는 커튼이 드리워져 있었고, 탁자 위엔 등불이 켜 있었다. 불꽃에서 그을음이 피어올랐지만, 흥분한 니코는 전혀 개의치 않았다. 그는 문서고 관리를

매수하여 지도보관소에 들어와 세계의 모습을 훑어보고 있는 중이었다. 그는 마치 자신이 65년 전 미지의 대륙을 발견하고 인도항로를 찾아냈다고 확신한 콜럼버스인 양 생각되었다. 인도항로의 발견은 그로부터 6년 후 바스코 다 가마에 의해 이루어졌다. 당시 그는 29세였다. 지금 하얀 손으로 탁자 위의 지도를 쓰다듬고 있는 니코도 그랬다. 리스본의 궁정에 머물게 된 이후로 니코는 바스코에 대해 많은 이야기를 들었다. 그는 다시 목깃 속을 긁적거린 후, 고개를 숙이고 지도를 내려다보았다. 신들도 이렇게 세상을 굽어보겠지, 하는 생각이 머릿속을 스쳤다. 왕들도 그럴 것이고. 거대한 대양에 둘러싸인 대륙의 뚜렷한 선이 눈앞에 펼쳐져 있었다. 선 안쪽은 전설적 동물들과 지배자들의 문장紋章으로 장식되어 있었고, 해안에는 계피, 후추, 브라질목재, 인디고(식물을 통해 얻어지는 파란색의 천연물감-옮긴이), 상아, 금, 다이아몬드, 노예 등 부귀를 약속하는 재화들이 그려져 있었다. 니코는 문서고 관리에게 황금을 뇌물로 주고, 흔들리는 등불의 그림자 속에서 몰래 이 지도를 훔쳐보고 있는 터였다. 황금은 프랑스의 왕 프랑수아가 이 목적을 이루기 위해 니코에게 하사한 것이다. 문자 그대로 그의 목숨이 걸린 일을 하고 있다는 것을 니코는 잘 알고 있었다. 예전부터 포르투갈의 왕들은 바다에 관한 모든 정보와 지식을 비밀에 부쳤다. 하지만 지도와

항해도가 보관된 '테소라리아'에서 지식의 일부가 유출되어 경쟁국, 특히 이베리아 반도의 적수인 스페인 궁정에 흘러들어가는 일이 거듭 발생했다. 향료 제도에 이르는 서쪽 항로를 발견하고 최초로 세계 일주를 완수한 스페인 선장 마젤란은 사실 포르투갈의 해군장교 페넬로 데 마갈레스였다. 후일 그는 테소라리아에 보관된 항해일지를 꼼꼼히 탐독한 후 그 정보를 가지고 스페인에 귀화했고, 스페인의 신항로 개척에 큰 공을 세우게 된다.

1519년 9월, 마젤란은 스페인 왕의 독려 속에 다섯 척의 함선과 265명의 선원을 이끌고 출항했다. 그는 비록 귀환 도중 사망했지만, 그를 따르던 18명의 선원들은 예정보다 1년이 늦은 1522년 9월에 마침내 본국으로 귀환했다. 함선은 한 척으로 줄어 있었지만, 마젤란의 선대는 스페인 왕을 위해 세계 최초로 대서양과 태평양을 연결하는 과업을 완수했다.

뇌물을 먹이고 포르투갈의 항로를 보고 있는 것이 얼마나 위험한 일인지 니코는 잘 알고 있었다. 물론 문서고 관리는 이 일을 발설하지 않을 것이다. 그렇게 되면 자신의 목도 내놓아야 할 테니까. 문제는 지도제작자였다. 잠이 없는 지도제작자가 밤중에 잠시 이곳에 들렸다가 니코를 발견하게 된다면 어찌할 도리가 없었다. 그러나 니코에게는 그런 걱정을 할 시간이 없었다. 서둘러야만 했다. 니코는 지도를 한 장 한 장 책상 위에 펼쳐놓고, 이것들을 서로 비교하여, 대륙의 형태를 기억 속에 담았다. 항로와 해안 근처의 교역장소를 샅샅이 체크하고, 위도와 경도, 항해지침, 바람의 방향 등을 메모했다. 문득, 니코는 바람의 방향을 잘못 타 바다 끝의 낭떠러지로 떠밀려 갈 수도 있다며 불안해하던 어떤 선원의 말을 떠올렸다. 그때 문에서 빗장이 열리는 소리가 들렸다. 그는 소스라치게 놀랐다.

크레타가 "좋아, 아주 좋아, 정말로 아주 좋아"라고 평한 장 니코에 대한 내 역사소설은 이렇게 시작된다. 독자들은 소설의 시작과 동시에 장면 속으로 빠져들어, 스파이의 어깨 위를 내려다보며 문빗장 소리에 함께 놀라게 될 것이다. 어쩌면, 이런 도입부보다 파노라마적인 이야기로 시작하는 편이 더 나았을 수도 있겠다.

콜럼버스의 산타 마리아 호 돛대 위에서 한 선원이 "육지다!"를 외치고 난 뒤 몇 달 안 되었을 때 스페인과 포르투갈은 세계를 둘로 갈라놓았다. 베르데 곶과 서인도 제도를 경계로 하여 서쪽은 스페인에, 동쪽은 포르투갈에 속하게 된 것이다. 교황은 칙령을 내려 이것을 인정했고, 그 후 1494년 이베리아 반도의 두 경쟁국 사이에 맺어진 토르데시야스 조약과 후속 조약들에 의해 구속력을 갖게 되었다. 포르투갈 함선들은 붉은 십자가를 선명히 그려 넣은 세 개의 돛을 달고 대서양과 인도양 곳곳을 누비고 다녔다. 이들은 서아프리카 해안을 따라 남하하다가 희망봉을 돌아 다시 아프리카 동쪽 해안을 따라 북쪽으로 올라갔다. 브라질의 동쪽 해안과 인도의 서쪽 해안에도 기항지가 건설되었다. 무역선들이 이 함선을 따라 금과 계피, 보석과 후추를 리스본으로 운송해왔다. 이 무역선들은 아프리카 노예들을 브라질의 사탕수수 농장으로 실어 나르기로 했다. 훗날 루이스 바즈 데 카몽스가 『루시아덴』에서 "땅이 끝나고 바다가 시작되는 나라"라고 묘사한 포르투갈은 인구가 백만밖에 되지 않는 작은 왕국이었다. 하지만 돛에 십자가를 그려 범선들이 활약하기 시작하면서 이 나라는 강국으로 발전했다. 리스본은 세계에서 가장 중요한 항구도시 중 하나로 성장했으며, 식민지 무역을 통해 벌어들인 부로 화려하게 치장한 포르투갈 궁정은 유럽 제후들에게 부러움과 찬탄의 대상이 되었다.

프랑수아 1세는 포르투갈 왕들을 향료소매상인이라고 폄하했다. 하지만 프랑수아 1세가 죽은 지 12년이 지난 1559년, 프랑스 왕가는 노선을 바꿔 포르투갈 왕가와의 혼인을 전략적으로 추진한다. 장 니코는 이를 위해 리스본에 파견되었다. 당시 포르투갈 왕은 다섯 살밖에 되지 않은 어린아이였다. 2년 전에 죽은 주앙 3세를 대신해 그의 미망인인 카스티야 가문 출신의 카타리나가 포르투갈을 통치하고 있었다. 프랑스 왕 앙리 2세는 포르투갈의 어린

왕 세바스티앙을 여섯 살 된 자신의 딸 마르가리타와 결혼시킬 계획이었다. 1559년 앙리 2세가 죽은 뒤 왕위를 계승한 프랑수아 2세도 이 계획을 고수하여, 과거 앙리 2세의 개인비서였던 장 니코를 리스본으로 파견해 이곳 상황을 정탐하도록 했다. 프랑스는 이탈리아와 부르고뉴 왕국의 지배권을 놓고 스페인과 전쟁을 치렀다. 이 전쟁에서 패배한 프랑스는 캄브레 조약을 통해 위의 지역에 대한 스페인의 지배권을 인정했다. 이런 상황에서 스페인의 경쟁국 포르투갈과 동맹관계를 맺는다면, 이는 프랑스와 포르투갈 양국 모두에게 유리한 일이 될 터였다. 물론 스페인에게는 불리한 일이 될 것이고. 하지만 복잡한 문제가 있었다. 포르투갈의 섭정 카타리나 왕비가 스페인 출신이었던 것이다. 프랑수아 2세는 젊은 외교관 장 니코가 이 문제를 해결할 적임자라고 생각했다. 니코는 님(프랑스 남부의 지방도시−옮긴이)의 공증인 가문 출신으로서 앙리 왕의 궁정에서 옥쇄 담당관으로 일하다가 선왕에게 발탁된 인물이었다. 그는 왕의 개인비서가 되어 왕이 그에게 보여준 신임에 보답하다가, 앙리의 후계자인 프랑수아에 의해 정략결혼을 성사시키라는 사명을 받고 리스본으로 파견된 참이다. 그러나 니코가 리스본에 파견되어 포르투갈 궁정의 동향을 살피고 있는 동안 프랑수아 2세가 세상을 떠난다. 후계자 샤를 9세는 아직 미성년이었다. 이에 따라 프랑스도 상황이 달라졌다. 메디시스 가문 출신의 카트린이 섭정을 하게 되었기 때문이다. 그녀는 스페인과의 화평을 추구했고, 이에 따라 포르투갈과 프랑스의 결혼계획은 실현되지 못했다. 그로부터 19년이 지난 후 성인이 된 포르투갈 왕 세바스티앙은 탕헤르에서 벌어진 크사르 엘 케비르 전투에서 목숨을 잃는다. 후계자가 없었던 탓에 숙부인 하인리히 추기경이 2년간 포르투갈을 통치했지만, 1580년 스페인 왕 펠리페 2세가 곧 왕위계승권을 주장하고는 포르투갈의 왕좌에 오른다. 세계를 분할하여 지배하던 이베리아 반도의 두 해양강국이 이제 한 명의 왕 아래 통합된 것이다. 그 무렵 니코는 일선에서 물러나 최초의 프랑스어 사전을 집필하고 있었다.

지금 그는 창백한 얼굴로 무거운 책상 옆에 서 있다. 목깃 속으로 손가락을 집어넣어 초조하게 몸을 긁어대며, 콧수염을 기른 사람들이 금방이라도 그에게 밀어닥칠 것을 염려하고 있다. 그러나 빗장을 연 것은 지도제작자가 아니라 문서고 관리였다. 동이 트기 전에 니코를 내보내기 위해 그가 빗장을 연 것이다.

이 장면은 꾸며낸 것이다. 그러나 실제로 있었을지 모르는 일이다. 포르투갈 궁전에서는 지도가 비밀문서로 규정되어 있었고, 당시의 유럽의 제후들은 리스본에 첩자들을 보내 그 안에 적힌 지리적 지식을 얻어내려 했다. 하지만 왕명으로 중대한 과업을 부여받은 니코가 아무런 대책도 없이 직접 포르투갈의 비밀서고에 뛰어들었을 리는 없다. 니코는 호기심이 광적으로 많은 사람이었다. 그는 포르투갈의 무역선이 자국의 점령지역에서 리스본으로 실어 나르는 모든 물품들에 관심이 많았다. 인디고도 그중 하나였다.

이 장면에 이어 나는 파란색에 대한 현란한 이야기들을 써볼 생각이었다. 파란색은 크레타가 가장 좋아하는 색이기 때문이다. 그리고 파란 장식띠를 광적으로 좋아하는 궁전 귀부인과 니코 사이에 피어난 아름다운 사랑 이야기도 구상했다. 16세기 중반의 정치적 권력투쟁에 대한 서술이 **친애하는 여성독자**들과 **경애하는 남성독자**들의 신경을 거스를지도 모른다는 걸 알고 있었기 때문이다. 어쩌면 독자들이 이 부분을 대충 읽거나, 아예 읽지 않고 넘어갈지도 모른다는 의심마저 들었다. 더구나 이 부분엔 흡연기호를 건너뛸 만한 위험 요소도 없었다. 크레타가 여기를 읽었던 것은 오직 나를 위해서였다. 그녀는 역사 선생을 몹시 싫어했기 때문에 역사 과목조차 혐오했다. 대부분의 사람들 역시 "누가 언제 누구와 세계를 나누어 가졌느냐" 하는 것보다는 "누가 언제 누구와 잠자리를 함께 했느냐"에 훨씬 흥미를 보인다. 그래서 나는 니코가 어린아이들의 결혼을 획책하고, 프랑스 궁전에 보낼 인디고 염료를 수집하는 중에 궁정의 귀부인과 사랑에 빠지게 되는 이야기를 꾸며낼 계획이었다. 하지만 나는 이 구상을 글로 옮기지 못했다.

---- ~

최근에 나는 또 한명의 카르멘을 만났다. 머리카락이 까마귀 깃털 빛깔 같았던 여인, 번쩍거리는 실크스타킹 위에 빨간 치마를 입고 껍질을 벗긴 아몬드처럼 하얀 이 사이에 꽃을 물고 있는 암늑대 같은 카르멘. 그리고 그녀의 눈! 그녀의 눈! 프로스페르 메리메는 "동물원에 가서 늑대의 눈이 어떻게 생겼는지 볼 시간이 없는 사람은 참새를 노리고 있는 고양이를 보라"고 권한 적이 있다. 카르멘을 만난 곳은 파울라가 데리고 간 가장 파티에서였다. 사람들은 모두 가장 파티를 지겨워하면서도, 일단 초대를 받으면 모두 참석한다. 이날 파티의 테마는 흡연이었다. 담배, 시가, 파이프, 갈대, 대마초 등 모든 종류의 흡연이 이 모임의 테마였다. 그중 어떤 것을 가져와도 되지만, 불을 붙이는 것만은 금지되어 있다. 이 모임을 주최한 사람들은 비흡연자들이었다. 그들은 흡연을 테마로 한 파티에 니코틴중독자들을 초대하여 불을 붙이지 않은 유독물질을 입에 물고 저녁을 보내게 하는 데 의미를 두었다. 파울라가 이 파티에 그토록 참석하고 싶어 했던 이유를 나로서는 잘 알 수 없었다. 그저 오랫동안 쌓아온 우호적인 인간관계를 일컫는 최신식 표현인 '네트워킹' 때문일 것이라고만 생각했다. 주최 측과 손님들은 대부분 법률가들이었다. 아마 파울라

는 내가 법률가가 아니어서 자신의 파트너로 삼았을 것이다. 네트워킹에 방해가 되지 않을 테니까.

담배를 피우지 않는 법률가들이 주최한 이 가장 파티엔 정장을 하지 않고도 입장할 수 있었다. 하지만 정식으로 옷을 갖춰 입은 사람도 여럿 있었다. 그중 하나가 월터 롤리 경으로 분장한 열정적인 노신사였다. 이 은퇴한 검사는 저녁 내내 손님들 사이를 돌아다니면서 귀부인들의 발 앞에 화려하게 장식한 망토를 드리우고 정중하게 인사했다. 완벽하게 분장한 카르멘시타도 있었다. 그녀도 내 눈길을 끌었다. 그러나 대부분의 손님들은 흡연의 역사와 관련된 장식품으로 분장을 대신했다. 파울라도 검은 모자와 검은 담배만 사용해 분장을 하고「티파니에서 아침을」에 나오는 홀리 골라이틀리 역의 오드리 헵번처럼 행동했다. 나도 값싼 파이프만으로 간단히 분장했다. 그러곤 헵번 흉내를 내는 파울라에게 "어이, 왓슨 박사"하고 농담을 건넸다. 그녀는 이 농담을 무척 재미있어 했다. 우리 중 누가 더 멍청하게 보일지 둘 다 알고 있었기 때문이다. 파티에 참석한 여자들은 대부분 불을 붙이지 않은 담배를 물고 있었고, 남자들은 불을 붙이지 않은 파이프를 물고 있었다. 자기 역할에 몰두한 손님들이 많지 않았다면, 일종의 음모집단처럼 보였을 것이다. 카르멘시타를 바라보는 내 눈길을 의식하고 파울라가 내게 말했다. "내 대학동창이야. 가정법원 이혼담당 판사로 일하고 있어. 소개시켜줄까? 홈스씨.” 나는 “좋아”라고 대답하지 않았다. 크레타와 이혼한 이후로 결혼파기와 관련된 모든 것이 나를 우울하게 했다. 나는 조용히 입을 다물었고, 파울라는 그것을 이해했다. 기회가 주어지자 그녀는 나를 여판사에게 소개했다. 그녀의 눈을 들여다보면서 팔의 털이 곤두서는 것을 느꼈다. 카르멘시타는 입의 한쪽 끝에 물고 있던 꽃을 다른 쪽 끝으로 옮겨 물었다. 파울라가 구실을 대며 자리를 떠나자마자 그녀에게 춤을 신청했다. 누가 고양이고 누가 참새인지를 보여주자고 작정했다. 이런 말을 하면 춤꾼을 알아보는 **친애하는 여성독자**께서는 나를 허영심 많은 사람으로 여기고, 춤꾼에게 혐오감을 지닌 **경애하는 남성독자**께서는 나를 허풍쟁이라고 여기겠지만, 나는 실제로 춤에 일가견이 있는 사람이다. 여자들은 대부분 남자들이 춤을 이끌어주길 바란다. 조심스럽게 덧붙이자면 이것은 물론 플로어 위에서만 그렇다. 나의 춤 기술은 카르멘에게, 금발의 진짜 카르멘에게 배운 것이다. 그녀는 남자가 어떻게 하면 먼저 나서는 것처럼 느껴지지 않으면서도 동시에 힘 있게 춤을 이끌 수 있는지, 품위 있게 느껴지면서도 스텝을 지배할 수 있는지 가르쳐주었다. 하지만 나는 카르멘에게 배운 춤기술을 카르멘시타에게 발휘할 수 없었다. 숨을 헐떡거리며 춤을 추던 뚱뚱한 장 폴 벨몽도가 우리 사이에 끼어들어 주머니에서 필터 없는 담배를 들이밀고는 간청하듯이 말을 걸어왔기 때문이다. "불 좀 있으시죠?" "게르하르트, 여기서 담배 피우면 안 돼! 파티를 망칠 작정이야?" 내 앞에 서 있던 암늑대 카르멘시타가 갑자기 녹회색 눈빛의 평범한 부인으로 돌변하더니 남편을 책망했다. 그러고 보니 벨몽도가 입고 있는 셔츠도 이 부인이 골라준 것 같았다. "빌어먹을 가장 파티 같으니! 이제 지겨워!" 벨몽도가 소리쳤다. 주변에 있던 사람들이 웃음을 터뜨렸다. 웃음소리에서 혁명의 분위기가 느껴졌다. 그가 다시 불을 찾자 부인이 그의 가슴에 꽃을 내던지며 체념한 듯 말했다. "정 그러면 발코니에 나가서 피워." 벨몽도는 엄지손톱으로 입술을 문지르며 잠시 생각하다가, 나와 함께 손님들 사이를 치고 나갔다. 사람들이 그의 어깨를 두드리는 것을 보며, 적잖은 이들이 우리에게 가담하고 싶어한다는 것을 알 수 있었다. 마침내 우리가 발코니에 들어서자 실제로 여러 사람들이 우리를 따라 들어왔다. 히치콕인지 처칠인지 분간이 잘 안 되는 분장을 한 사람도 있었다. 주최 측에 고용되어 초콜릿담배를 나누어주던 담배팔이 소녀도 담배판매 상자를 매단 채 서 있었다. 낡은 트렌치코트를 입은 형사 콜롬보와 넓은 어깨와 짧은 다리 탓에 진짜처럼 보이는 험프리 보가트도 있었다. 험프리 보가트는 담배팔이 소녀에게 "내 눈을 봐, 귀여운 아가씨"라고 계속 말을 건넸다. 파울라는 우리보다 앞서 와 있었다. 파울을 계산에 넣지 않는다 해도 모두 일곱 명이나 되었다. 우리는 좁은 곳에 몰려들어 각자 숨겨온 담뱃갑을 꺼냈다. 담배팔이 소녀도 판매대를 내려놓고 그녀와 보가트 사이에 히치콕인지 처칠인지를 끌어들이는 데 성공했다. 뚱뚱한 남자는 엄폐물로 쓸모가 있었다. 담배팔이 소녀는 이제 남의 눈에 띄지 않고 담배를 피우는 일에 몰두했다. ----∼ 그녀는 긴장을 풀고, 만족한 표정으로 담배연기를 내뿜고 있는 히치콕 혹은 처칠에게 감사의 미소를 지어보였다. 작고 단단한 체구의 보가트가 입에 파이프담배를 문 채 뚱뚱한 남자 때문에 가로막힌 길을 뚫어보려고 애쓰고 있었다. 파울라가 내 귀에 담배연기를 뿜으며 속삭였다. ----∼ "그래, 그 여자 어땠어?" "결혼했던데." 나는 턱으로 벨몽도를 가리키며 대답하고 담배를 빨아들였다. ----∼ 벨몽도는 담배를 깊이 빨아들이며, 모반의 지도자 역할을 했다는 데에 흡족해했다. ----∼ 파울라가 웃음을 터뜨렸다. 우리 옆에 서 있던 콜롬보가 두 번째 담배를 꺼내 물었다. 그는 세 손가락으로 담배를 쥐고, 필터를 누르면서 연기를 빨아들였다. 담배를 끊을 희망이 전혀 없다는 징후였다. 담배필터는 해로운 성분을 걸러내기 위한 것이 아니다. 해로운 성분을 걸러주는 것은 오히려 공기구멍이다. 담배를 흡입할 때, 연기와 공기가 섞이기 때문이다. 라이트라는 이름이 붙은 담배는 단지 무게만 가볍다는 점에서 같은 이름이 붙은 여타 상품들과 다르다. 라이트 담배에 사용되는 연초 자체는 일반 담배들보다 오히려 더 독하다. 단지 필터 안의 공기구멍이 더 크고 많을 뿐이다. 연기에 섞인 공기가 필터를 통해 더 많이 흡입될수록 담배에 적힌 독성분의 수치가 낮아진다. 이 수치는 기계를 사용하여 측정되는데, 이 기계는 1분에 한 번 담배를 빨아들이는데다가, 콜롬보 같은 사람들처럼 연기를 더 많이 빨아들이기 위해 필터를 눌러대지도 않는다. ----〜 콜롬보의 손은 놀라울 정도로 아름다웠다. 가는 손가락 끝에 밝은 반달 같은 손톱이 보였다. 하지만 두 번째와 세 번째 손가락 끝이 황갈색으로 물들어 있어 혐오감을 주었다. 내가 콜롬보의 손을 뚫어지게 바라보고 있는 것을 눈치 챈 파울라가 나를 살짝 밀쳤다. 나도 무례하게 보이고 싶지 않아서 얼른 눈길을 돌렸다. 콜롬보는 내가 자기를 관찰하고 있었다는 것을 전혀 눈치 채지 못했다. 그는 외려 미소를 지으며 파울라와 나의 얼굴을 슬쩍 바라보았다. 그는 우리를 거의 의식하지 않고 담배를 피우는 일에만 열중했다. ----〜 히치콕 혹은 처칠은 자신이 처칠로 분장한 것이라고 말했다. 그는 정치가다운 거대한 뱃집으로 보가트를 발코니 난간 쪽으로 밀어대는 중이었다. 보가트는 무례하게도 처칠을 "헤이, 미스터 히치콕"이라고 불렀다. 처칠이 담배팔이 소녀에게 말

95

을 건넸다. "나는 법역사가 가문 출신입니다." 그는 보가트에게 몸을 돌리며 "대대로 법역사가 집안이지요" 하고 강조했다. 그리고는 다시 소녀를 쳐다보며 말했다. "하지만 지금 나는 공증인 일을 하고 있어요. 당신은 틀림없이 법대생이겠지요?" 그는 과거 정부당국의 흡연금지조치에 관해 즉흥적인 법역사 강의를 시작할 태세를 갖추며, 양복 안주머니에서 시가를 한 대 꺼내들었다. 담배팔이 소녀는 다소 당황해하며 머리를 가로저었다. 그녀는 여대생이 아니었다. 그녀는 파티 참가자가 아니라 실제로 담배팔이 소녀였다. 극장 안을 돌아다니며 팝콘과 아이스크림을 팔고 있었던 것이다. "틀렸어요." 그녀가 불쾌한 어조로 대꾸했다. 뚱뚱한 공증인은 실망스러운 듯 그녀를 내려다보다가 이내 강의를 단념하고 시가를 집어넣었다. 소녀는 거의 필터까지 피운 담배를 바닥에 비벼 끄고 보가트 옆을 지나, 판매대를 메고 다시 방으로 들어가버렸다. 벨몽도가 이제 발코니도 지겨워졌다고 말하면서 방으로 들어가 계속 담배를 피우자고 제안했다. "그것이 범죄는 아니잖아요. 안 그렇습니까?" 보가트가 동의를 표하며 그를 뒤따랐다. 처칠이 그 뒤를 이었다. 이 문제에 대한 그의 법역사학적 고찰이 그리 심오하고 진지한 것은 아닌 듯했다. 콜롬보는 아무말 없이 그들을 따라 방으로 들어갔다. 이제 발코니에는 우리 둘만 남아 있었다. 파울라는 마지막 담배를 피운 후, 다시 파울을 위해 마지막 담배를 피우고, 또 오드리 헵번을 위한 마지막 담배와 홀리 골라이틀리를 위한 마지막 담배를 피웠다. ----～ 장 니코의 첫 번째 과업을 건너뛰셨다면, 이제 다시 용기를 내어 16세기로 되돌아가시기 바랍니다. 파울라와 내가 다시 방으로 돌아왔을 때는 바스티유 감옥이 이미 무너진 뒤였다. 발코니뿐만 아니라 모든 방에서 사람들이 담배를 피우며 웃고 있었다. 국민들이 왕의 목을 자르던 저 방종한 시대의 분위기가 방안을 지배했다. 주최 측은 매우 불행한 표정을 지었다. 하지만 손님들은 충분히 담배를 피운 후 느긋한 기분이 되어 부엌에서 가져온 접시에 담뱃재를 털어대며, 이 흥미진진한 가장 파티를 개최한 주최 측에 칭찬의 말을 늘어놓았다. 주최 측은 파티가 원래 이런 식으로 진행되도록 계획되었던 것처럼 행동했다. 물론 이렇게 의도된 것은 전혀 아니었지만, 어쨌든 성공적인 파티 분위기를 즐기는 게 현명한 일이라고 판단한 모양이었다. 후에 나는 파울라가 담배를 끊으려고 이 파티에 참석했다는 것을 알았다. 내가 그 자리에 없었다면 카르멘을 내게 소개하지 않았을 것이고, 그랬다면 벨몽도와 내가 발코니로 몰려가는 일도 없었을 것이며, 그녀가 담배를 피운 불상사도 일어나지 않았을 것이라고 그녀가 내게 전화로 말했다. 내가 다른 사람들과 함께 발코니에 들어섰을 때 당신은 이미 그곳에 있지 않았냐고 이의를 제기하자,

그녀는 "하지만 담배를 피우지는 않았어"라고 말했다. 나는 이것이 파울의 주장일 거라고 확신했다. 혹시 크레타를 만나게 되어 그녀에게 이 이야기를 한다면, 그녀는 이렇게 반론할 것이다. "그 우스꽝스러운 파울라와 파울 이야기 좀 집어치워! 사람 안에 개자식이 들어 있는 게 아니라, 사람 자체가 바로 개자식이야."

---- ∼

섬에서 로맨스를 나눈 후 우리는 사랑하는 한 쌍이 되어 집으로 돌아왔다. 그녀는 수습교사가 되었고, 나는 견습기자가 되었다. 그리고 거의 비슷한 시기에 둘 다 수습과 견습의 꼬리표를 뗐다. 크레타는 우리 신문사 지역란에 종종 '사회적 문제 지역'이라고 보도되는 곳에 위치한 고등학교 교사가 되었다. 나는 가십을 담당하는 기자가 폐암으로 휴직하게 되는 바람에 그 자리를 물려받았다. 그 기자는 담배를 끊고 방사능 치료를 받았는데, 치료가 끝나고 머리가 자라나기 시작하자 다시 담배를 피웠다.

땅바닥에 쓰러지는 빗자루처럼 가파르게 전개된 기자 생활 초기에 나는 가십담당 기자에서 문화부 기자로 전직하게 될 날을 기다리며 살았다. 하지만 후에 문화부에 빈자리가 났을 때는 그 자리를 차지하기 위해 애쓰지 않았다. 아직 한 편의 작품도 완성하지 못한 예비작가였던 나에게는 화려한 수사가 뒤섞인 광고문구나 문화평보다는 가십기사가 더 인상적이었다.

"이 신인작가가 보여주고 있는 노대가 같은 성숙함은 우리를 경탄케 한다."

"이 여성작가는 대가의 필력을 구사하고 있다."

"이 작가는 언어의 대가임을 입증하였다."

"이 노대가가 보여주고 있는 신선함은 우리를 경탄케 한다."

이런 글을 쓰는 대신에 나는 신문사에 들어오는 가십기사거리를 가지고 짧은 소설을 쓴 후, 여기에 이런 제목들을 달았다.

"서커스 라마(낙타과의 포유류—옮긴이), 시장에게 침을 뱉다."

"우물에 빠진 아이 — 물 한 방울 묻히지 않은 채 구조"

"서민출신 이사벨과 명문가 자제 하랄드 전격 이혼"

"말보로 카우보이 51세에 암으로 사망"

이 중 마지막 소식은 내가 가십담당 기자로 막 배정됐을 무렵 텔레타이프로 신문사에 전해졌다. 로데오 기수였던 웨인 맥라렌은 60년대에 미국 텔레비전 시리즈물이나 서부영화에서 조연을 주로 맡다가, 말보로의 나라에서 말보로의 태양이 져가던 70년대에 모닥불 옆에서 말보로 담배를 피우는 말보로 카우보이로 발탁되었다. 광고에서 뿐만 아니라 실제로도 그는 애연가였다. 그는 매일 한 갑 반의 담배를 피웠다. 49세의 나이에 그는 폐암에 걸려 한쪽 폐를 절제해야 했다. 비극적인 예이지만, 후일 그는 흡연 반대 캠페인에 동참하기 시작하여, 필립모리스사에 대항하는 대중집회에서 담배광고를 제한하자는 결의안을 지지했다. 흡연반대 캠페인 프로그램은 그가 죽음의 침상에 누워 있는 모습을 보여주면서 "그 많은 튜브를 몸에 달고, 어떻게 독립적이 될 수 있다는 거야?"라고 하는 그의 형제 찰스의 코멘트를 들려준다. 그 자신도 인터뷰에서 이런 말을 한 적이 있다. "나는 니코틴 중독의 대가를 치르고 있다. 나는 산소튜브를 끼고 내 인생의 종말을 맞고 있다. 흡연은 이런 대가를 치를 만한 가치가 없다." 그는 결국 1992년 7월 22일에 사망했다. 나는 신문에 그를 추모하는 글을 싣고, 올가미를 들고 있는 교수형 집행인의 그림을 화보로 달게 했다. 그밖에도 나는 가엾은 웨인 맥라렌을 추모하는 의미에서, 그리고 또 나 자신을 위하여 담배를 끊겠다고 결심했다. 그 이후로 몇 년이 흘렀다. ----~ 그동안 나는 담배를 끊거나, 덜 피우거나, 정량만 피우거나, 최소한으로 줄여보고자 시도했다. 하지만 담배에서 멀어져보려 애를 쓸 때마다, 예전과 달라진 바 없이 같은 양의 담배를 피우고 있는 자신을 발견할 뿐이었다.

----~

내가 때로 그리 믿을 만한 것이 못되는 이야기들을 가지고 기사를 엮어내려 고심하는 동안, 크레타는 어떻게 하면

학생들을 맑은 정신으로 1교시 수업에 들어오게 할 수 있을까에 대해 곰곰이 생각했다. 1교시는 지식을 전달하는 일에 그리 적합한 시간이 못 된다. 수업 시간 대부분이 학생들의 잠을 깨우는 데 소모될 뿐이었다. 교육적으로 볼 때 수업을 시작하기 가장 좋은 시간은 아홉 시나 열 시 무렵이다. 그러나 그 시간에는 이미 부모들이 일터에 나간 뒤라서 현실적으로는 실현 불가능하다. 학교수업을 일찍 시작하는 것은 그 시간이 아이들 교육에 가장 효과적이기 때문이 아니라 부모들의 출근 시간을 맞춰주기 위해서다. 게다가 대부분의 사람들이 일곱 시나 여덟 시, 아무리 늦어도 아홉 시에는 일터에 나가야 하는 마당에 교사들이 열 시에 일을 시작한다는 것은 사회적으로도 용납되기 힘든 일이다. 휴식시간도 그렇다. 교사들은 수업하는 시간보다 훨씬 긴 휴식시간을 누린다. 또 오후 시간엔 대개 수업을 하지 않을뿐더러 오전에도 매시간 45분만 수업을 한다. 사무실에서 일하면서 매시간 45분만 일하는 사람은 없다. 교사들은 긴 휴가를 누리고, 오전에 매시간 45분만 일하며, 그 중간 중간에도 크고 작은 휴식시간이 있는데다가, 일에 지치면 안식년을 갖기도 하고 50대 초반이 되면 아예 연금을 받으며 은퇴한다 ─ 교사가 되었어야 하는데. 직업이 교사가 아니거나, 현실이 학부형들의 생각과는 전혀 다르다는 것을 모르고 있는 사람들은 흔히 이렇게 말한다.

크레타는 학부형과 교사의 관계를 일종의 천적 관계로 비유했다. 학부형과 교사는 한편으로는 자식이면서 다른 한편으로는 학생이기도 한 아이를 두고 서로 다른 입장에서 눈독을 들인다. 특히, 교사인 동시에 학부형인 경우 이 천적 관계가 더 명확히 드러난다고 크레타는 설명했다. 예를 들어 부모로서 학부형 회의에 참석하는 것과 교사로서 이를 개최하는 건 전혀 다르다는 것이다. 부모로서 학부형 회의에 참석하는 교사들은 여타의 다른 부모들과 마찬가지로 일방적이고 불합리한 주장을 펴기 마련이다. 반면에 이들이 교사로서 학부형 회의를 개최하는 경우에는 부모들의 불합리한 주장에 신경이 마모되어 머리를 휘젓기 예사다.

나는 교육 문제에 대해서는 아무것도 아는 게 없었다. 크레타가 내게 새로운 교육방법에 대해 자세히 설명하고 나서 "어떻게 생각해?" 하고 물으면, 나는 그녀가 내 소설을 읽고 대답했던 것과 마찬가지로 "좋아, 아주 좋아, 마음에 들어"라고 대꾸하곤 했다. 그러면 그녀는 내 무성의한 답변에 화가 난다는 듯 눈을 부릅뜨고 몸을 돌려버렸다. 그녀는 손에 들고 있는 로트 핸들레를 바라보며 "마음에 드신단다"라며 비꼬듯 내뱉고서 담배에 불을 붙였. **흡연기호가 나오는 경우에만 담배를 피우시기 바랍니다.** 나는 그녀의 이 기묘한 습관을 사랑했다. 내가 그녀의 이런 습관을 처음으로 보게 된 것은 '우리'의 섬에서 그녀가 생각에 잠겨 자신이 좋은 선생이 될 수 있을 것인가를 자문하고 있을 때였다. 그녀는 좋은 선생이 되었고 자신이 내린 결정을 한 번도 후회하지 않았다. ─ 심지어 과로로 탈진할 지경에 이르러도. 크레타는 다른 일을 할 경우에는 그렇게 과로하지 않았다. 참여와 희생 사이의 차이를 잘 알아야 한다고 그녀는 늘 말하곤 했다. 자신을 희생하는 사람은 건강한 개인주의적 감각을 잃게 되고 결국 다른 사람들과의 관계에도 상처를 주고 만다는 것이다.

때로 나는 그녀의 특이한 업무를 도와야 했다. 크레타가 근무하는 학교의 새 휴게실에 샛노란 양탄자를 깔았던 일도 그런 업무 중 하나였다. 교장은 크레타가 이 일을 제안하자 동의했지만, 교사위원회, 특히 역사 선생은 그녀의 생각을 비웃었다. "노란 양탄자라니! 그것도 대표적인 문제 지역에 위치한 이 변변치 못한 고등학교 휴게실에다?! 여기는 그런 양탄자가 어울릴만한 장소가 절대 아니야! 차라리 질긴 PVC 바닥재를 깔면 몰라도. 그런 것 중에도 색깔이나 무늬가 멋진 게 쌔고 쌨는데." 하지만 크레타의 전략은 멋지게 성공했다. 학생들 스스로 노란 양탄자를 보고 조심성을 발휘했기 때문이다. 아이들은 누가 시키지 않았는데도 신발을 벗었고 이를 복도 벽에 가지런히 늘어놓았다. 그 학교에서는 종종 사소한 도난사건이 발생했지만,

복도에 늘어선 실내화는 일종의 타부가 되어 결코 손대지 않는 게 코만치의 법이 되었다. 언젠가 멋진 실내화 한 켤레가 없어진 일이 딱 한번 있었다. 그러나 이게 큰 문제가 되자 바로 그 다음날 신발은 제자리로 돌아왔다.

크레타가 행한 또 하나의 '기이한 짓' ─ 역사 선생의 표현을 빌자면 ─ 은 플라스틱 상자들 안에 매달 읽을 책을 열한 권씩 담아놓은 일이었다. 물론 여름방학 기간 동안은 제외하고. 책을 공수해오는 건 내 몫이었다. 신문사 문화부 기자에게 부탁하면 출판사에서 보내주는 신간들을 어렵지 않게 얻어올 수 있었다. 우리는 이 상자들을 학교 휴게실에 놓아두었다. 크레타는 학기 중 상자 안에 든 열한 권의 책을 모두 독파하는 학생에게 독서인증서와 독서상을 주었다. 부상은 책이 아니라 영화표와 콜라였다. 처음 이 독서기획은 조롱의 대상이 되었다. 크레타와 대화를 해서 책을 모두 읽었다는 것을 입증해야 했기 때문에 호응도 별로 크지 않았다. 하지만 이 시도는 소수의 학생들을 중심으로 어느 정도 성공을 거뒀다. 그들 가운데 대부분이 여학생들이었다. **친애하는 여성독자**들께서는 이를 잘 이해할 수 있을 것이다. 크레타도 그렇게 예상했다. 그러던 중 인기 좋은 축구부원 하나가 이 기획에 동참하면서 독서 프로젝트는 큰 반향을 불러 일으켰다. 그 남학생이 상자 안에 든 열한 권의 책을 모두 읽어 독서인증서를 받았다는 사실 때문에 인증서의 가치도 급상승했다. 하지만 대부분의 학생들은 그가 내기게임에서 진 죄로 억지로 책을 읽어야했다는 사실을 몰랐다. 경기에서 지면 책 열한 권을 모두 읽기로 한 내기에서 그가 패배했던 것이다. 그 축구부원은 한 상자의 책을 다 읽어냄으로써 체육 선생에게 깊은 감동을 주었다. 체육 선생은 이 학생을 '진정한 프로 정신'의 소유자라고 극찬했다. 축구 실력뿐만 아니라 지적인 면모까지 인정받게 된 남학생은 이에 고무되어 다시 한 상자의 책을 독파해냈고, 한 단계 업그레이드 된 인증서를 받았다. 필드에서는 '패스'를 받아 골로 연결시켰으며, 학교 휴게실에서는 독서인증과정에 연달아 '패스'해 탁월한 시너지 효과를 거두었다. 결국 재학기간 중 총 다섯 상자의 책을 독파한 이 학생은 우수한 성적으로 고등학교를 졸업했다. 독서인증과정은 그 학생에게 힘들고도 보람 있는 과정이었다. 크레타는 학교 선생으로서 이런 방식으로 승리의 행진을 계속해나갔다.

----~

직장 생활이 안정된 후 우리는 결혼했다. 우리가 사는 집에서 가장 멋진 공간은 침실이었다. 아쉬운 점이 있다면 크레타가 이 방을 엄격한 금연구역으로 규정했다는 것뿐이었다. 욕실도 엄격한 금연구역이었다. 담배를 피울 수 있는 장소는 책을 읽을 수 있는 장소만큼 다양하다. 이 자

리에서 나는 학교 화장실 안에서 담배를 피우는 것부터 욕조 안에서 독서를 하는 것까지 이런저런 여담을 늘어놓고 싶다. 이야기를 길게 늘여 쓰거나 중간에 옆길로 새버리는 게 내 글 버릇 중 하나다. 그러나 이번엔 경우가 좀 다르다. 나는 이 책을 마무리한 뒤 '마지막 담배'를 피우게 될 순간이 두렵다. 그러니 조금이라도 시간을 벌고 싶을 수밖에. **친애하는 여성독자, 경애하는 남성독자**들께서도 마찬가지 심정일 것이다. 이 소설이 『트리스트럼 샌디』(800쪽 분량에 이르는 로렌스 스턴의 코믹 소설─옮긴이)가 아닌 바에 이야기를 질질 끌 생각은 추호도 없다. 본론부터 말하자면 나는 화장실에서 앉아 담배를 피우면서 조간신문을 읽는 여자랑 같이 살 수 없다. 투홀스키의 말처럼 ─ 이것 역시 옆길로 새는 이야기이고, 이야기를 늘이는 것이다 ─ "아무리 강한 남자라도 침대 밑을 들여다보기 마련이고, 아무리 아름다운 여자라도 화장실에 가야만" 한다. 하지만 화장실 안에서 담배까지 피우는 건 안 될 말이다. 내겐 이따금 침실에서 담배를 피우고 싶은 때가 있다. 주로 모닝 섹스를 나눈 일요일 아침 같은 시간이다. 그럼에도 나는 크레타의 금연령을 어긴 적이 단 한 번도 없었다. 심지어 그녀가 수학여행을 떠났을 때에도.

우리는 작은 방을 옷장으로 사용하고 침실을 청교도적으로 꾸몄다. 방 가운데에 4평방미터짜리 침대를 하나 놓고 천장은 밤하늘을 수놓은 태피스트리로 장식했다. 천장 덮개는 안네가 선물한 것이다. 군청색 바탕에 하얀 별을 수놓은 이 덮개는 천장의 넓이에 딱 들어맞았다. 침대 위에 누워 천장을 바라보면 오리온자리가 바로 우리 머리 위로 펼쳐졌다. 그 아래로 시리우스자리와 사냥개자리가, 그 위로 크레타의 별자리인 사자자리가 빛나고 있었고 사자자리와 오리온자리 사이에는 나의 별자리인 쌍둥이자리가 있었다. 별자리 신화 속의 쌍둥이 카스토르와 폴룩스는 애인에게 충실하지 않았다. 그게 좀 유감스러웠다. 하지만 나는 담배에 대한 소설을 쓴 사람 중에서 애인에게 가장 충실했던 남자임을 자부한다. 방랑벽을 지닌 가엾은 코시니와 나를 비교해보라. **친애하는 여성독자**들께서는 "그럼 파울라는 뭐야!" 하고 이의를 제기할지도 모른다. 크레타도 그렇게 말했다. 우리는 결혼식을 올리지 않았고, 친구들에게 선물도 받지 않았다. 백금으로 만든 국수 채반, 3년 동안 AS를 보장하는 샐러드 기구, '향수를 불러일으키는' 스탠드재떨이, 계란 모양의 디지털 시계 등 으레 결혼선물로 받기 마련인 것들조차 하나 없었다. 혼인서약을 마치고 시청에서 집으로 돌아왔을 때, 우리는 문 앞에 커다란 종이 두루마리가 놓여 있는 것을 발견했다. 두루마리 위에는 안네의 이름이 써 있었다. 혼인서약식이 진행되는 동안 안네는 우리 집 앞에 놓인 두루마리에 대해 한 마디도 하지 않았다. 두루마리를 풀자 마룻바닥에 밤하늘이 펼쳐졌다. 크레타와 나는 말문이 막혔다. 우리는 그렇게 아름다운 양탄자를 이제껏 한 번도 본 적이 없었다. 크레타는 엄청난 시간과 돈이 들어갔을 게 틀림없는 이런 굉장한 선물을 그냥 받지 못하겠다고 말했다. 매우 감격한 모양이었다.

크레타가 즉시 전화기를 향해 달려갔다. 통화는 매우 짧았다. 크레타는 뺨이 발그레하게 상기되어 돌아왔다. 그녀가 하늘을 내려다보며 말했다. "안네가 그러는데 이건 양탄자가 아니라 천장덮개래. 천장에 붙이래. 이게 우리 마음에 들면." 크레타는 담배에 불을 붙이고 연기를 내뿜었다. "우리 마음에 들면이라니, 믿을 수가 없어." 그녀는 다시 담배연기를 빨아들였다. "안네가 직접 짠 거래. 자신이 만든 첫 작품 중 하나래. 첫 작품이래! 우리 마음에 들지 않으면, 다시 가져가겠대. '문제없어. 다시 가져가면 되니까.' 이렇게 말하더라고. 믿을 수가 없어. 이게 첫 작품이라니! 가구장이를 불러서 테두리를 붙이면, 그녀가 직접 와서 천장에 달아주겠대."

며칠 후 우리는 안네의 침대 위에 크레타를 가운데로 하고 셋이 함께 나란히 누워 안네가 짠 인생의 정원을 올려다보았다. 이 천장덮개에는 별자리 그림 외에도, 바로크시대의 천정화처럼 세련된 원근법을 사용한 그림이 수놓아져 있었다. 나뭇잎 문양의 넓은 테두리가 둘러쌓여진 정원에서 우리는 숲과 오솔길, 마법의 골목, 냇물과 수련이 핀 연못을 함께 바라보았다. 정원 가운데에는 응달과 양달이 적절히 혼재된 언덕이 하나 솟아있었다. 안네의 낙원엔 사람이 하나도 없었다. 아담도 이브도 없었고, 신도 뱀도 없었다. 오로지 초록빛의 순수한 행복과 푸른 연못에 떠있는 하얀 수련만이 보였다. 안네는 위를 가리키며 정원의 구조를 설명하기 시작했다. 나무에 달린 사과와 수련 잎사귀 위의 개구리, 연못에 비친 하얀 구름을 가리키며 마치 관광안내인처럼 극히 차분한 어조로 설명해주었다. 그리고는 하얗고 아름다운 꽃이 달려 있는 커다란 식물을 가리키며 말했다. "담배야." 크레타는 눈에 눈물이 그렁그렁해져서 말했다. "당신은 정말로 천재예요." 안네가 진심으로 대답했다. "이제 알았어?"

이제 밤하늘 천장덮개는 둥글게 말린 채 잘 포장되어 안네의 아틀리에 구석에 서 있다. 내가 상자에 짐을 꾸려 이사 나가기 전 크레타와 내가 서로 가져가야 할 품목을 나눌 때, 별자리가 수놓아진 안네의 하늘은 서로 합의를 보지 못한 유일한 품목이 되었다. 우리는 물건 때문에 싸우지 말자며 헤어졌다. 하지만 안네의 선물은 우리가 함께 보낸 날들과 너무 긴밀하게 묶여 있었으므로 크레타도 나도 혼자서 그것을 소유할 수는 없었다. 우리는 그것을 창

조주에게 다시 돌려주고 말았다. ----~

장 니코의 두 번째 과업

이제 당신은 다시 16세기로 돌아와 있다.
담배 없는 이 시대를 견디기 힘들다면,
발코니로 나가 충분히 담배를 피운 후
다시 돌아와 독서를 시작하기 바란다.

니코는 프랑스 대사관 정원을 불안한 마음으로 이리저리 거닐었다. 때로 급하게 멈춰 서서 화단이나 오렌지나무를 신발 끝으로 걷어차기도 했다. 왕가의 결혼은 거의 실패하기 직전이었다. 니코는 초조했다. 한 가지 위안거리가 있다면 리스본에서 사귄 친구 다미안 데 공이스를 방문하는 일이었다. 니코는 그의 재능에 경탄했다. 그는 수많은 영역의 학문을 두루 섭렵한 만물박사인데다가 음악에도 조예가 깊었다. 무엇보다 그는 신대륙에서 건너온 식물에 깊은 관심을 가진 식물학자였다. 니코는 뒷짐을 진 채 정원 길을 따라 걸었다. 그는 프랑스 궁정에 보낼 보고서의 내용을 곰곰이 생각했다. 뒤늦은 감도 없지 않았다. 목에 고통스러운 종기만 나지 않았어도. 두통만 없었더라도. 그리고 어딜 가나 들려오는 리스본의 소음만 아니더라도.

"대도시에서는 잠잘 때조차 돈이 많이 든다." 이 말을 한 로마인이 누구였더라? 유베날리스(로마시대의 시인—옮긴이)였던가? 기억이 나지 않았다. 그는 고대의 지혜보다는 새로운 사물에 관심이 더 많았다. 특히 포르투갈의 함선들이 대서양을 건너 이곳으로 실어오는 진기하고 값비싼 물품들에 관심이 많았다. 엘리자베스 여왕이 왕좌에 오른 후에는 국가의 지원을 받는 영국 해적들이 이 물품들을 가로채는 일이 수시로 발생했다. 포르투갈과 고국 프랑스처럼 영국도 이제 강력한 여자가 통치하는 나라였다. 하지만 엘리자베스는 포르투갈의 카타리나 카스티야나 프랑스의 카트린 드 메디시스처럼 섭정으로 통치하는 것이 아니라 자신이 직접 왕위에 올라 통치하고 있었다. 니코는 정신을 집중해 생각의 미로를 헤쳐 나가려 했지만 감이 잘 잡히지 않았다. 끊이지 않는 두통 때문에 생각의 갈피를 잡아나갈 수 없었다. 마치 두개골에 얇은 경도선과 위도선이 새겨져 있고, 이것들이 점점 더 좁혀지고 있는 듯한 느낌이었다. 영국의 해적선들이 포르투갈, 스페인, 프랑스의 무역선을 기습한 것은 그리 중요한 문제가 아니었다. 여러 척의 배들이 안전하게 리스본 항구로 되돌아왔기 때문이다. 중요한 것은 그의 외교적 과업이 좌초할 위기에 처했다는 점이었다. 그는 파리에 보내야 할 보고서에 대해 생각했다. 그를 파견한 것은 앙리 왕과 프랑수아 왕이었다. 하지만 일의 결과에 대한 보고서는 카트린 드 메디시스에게 써 보내야 했다. 이 과업의 실패를 무엇으로 벌충할 것인가? 비밀 문서보관소에서 얻어낸 정보를 전령을 통해 미리 보내는 일은 감히 시도할 수 없었다. 그가 거둔 성과들과 전리품은 자신이 직접 가지고 가는 수밖에 없었다. 그것도 카트린이 그에게 접견을 허락하는 경우에 한하여. 그러려면 파리로 돌아가기 전에 눈으로 확인할 수 있는 분명한 업적들을 미리 보내 둘 필요가 있었다. 얼마 전 로렌 지방의 프랑수아 추기경에게 오렌지나무를 보낸 것도 그 같은 맥락이었다. 니코의 목에 난 종기는 상태가 더욱 악화되었다. 초조감에 시달릴수록 상태는 점점 더 심해졌다. 문서보관실에서 지도를 훔쳐보던 그날 밤에도 그는 피가 날 정도로 목을 긁어댔다. 더 많은 파우더와 자제력이 요구되었다.

나는 크레타에게 이 장면을 좀 더 흥미롭게 꾸미면 어떻겠냐고 물었다. 파란 리본으로 장식한 귀부인이 정원을 거니는 니코 앞에 갑자기 나타나는 장면을 넣으면 어떨까? 그녀가 니코에게 매우 격정적으로 몸을 던지는 거야. 파란 리본으로 장식한 귀부인이라니? 크레타가 놀라서 물었다. 인디고 염료에 대한 이야기를 한 마디도 쓰지 않았다는 사실을 미처 생각하지 못했던 것이다.

니코는 만물박사인 친구와 함께 있으면 항상 편안했다. 그는 궁정정치를 제외한 모든 것에 관심이 있는 사람이었다. 그와 함께 있을 때면 니코도 긴장을 풀고 복잡한 외교 문제들에서 벗어날 수 있었다. 니코는 다미안과 대화를 나누면서 자신이 지나치게 학문적 사유에 경도된 것 같다며 호탕하게 웃었다. 다미안은 "누구나 그렇다오"라고 차분히 대답했다. 만찬이 끝난 뒤 니코는 손님을 정원으로 안내했다. 저녁노을이 지고 있었다. 하얗게 반짝이는 꽃이 달린 초목 하나가 니코의 눈에 띄었다. 포르투갈 귀족들의 정원에서 몇 번인가 본 적 있는 식물이었다. 다미안은 조금 망설이다가 그 식물이 많은 사람들에게 인기 있는 귀한 것이라고 설명했다. 귀족들의 정원을 장식하는 보석 같은 식물로 너도나도 갖고 싶어한다는 것이다. 그는 이 식물의 진가를 제대로 알려면 아직 멀었다면서 그것의 탁월한 약효를 찬양했다. 이 식물엔 마법적인 효력이 있으며 언젠가는 그것이 과학적으로 입증될 거라고 했다. 그러면서 잎 하나를 뜯어 손가락으로 문지르고선 니코의 코에 갖다 댔다. 니코는 얼굴을 찡그렸다. 다미안은 미소를 지으며 계속 그 식물을 찬양했다. 만병통치의 효력을 지닌 데다가 부작용도 전혀 없다는 것이다. 니코는 늘 차분하던 다미안이 식물 하나에 그토록 열광하는 것을 보고 깊은 인상을 받았다. 그래서 프랑스 대사관으로 표본을 좀 보내줄 수 있느냐고 물었다. 다미안은 원래 지식을 혼자 소유하기보다는 사람들과 함께 나누는 걸 좋아하는 사람이었다. 그는 조금도 망설이지 않고 표본뿐 아니라 모종과 씨앗도 보내주겠다고 약속했다. 또 두통이 생기면 이 식물의 잎을 적셔 찜질주머니에 넣은 후 이마와 코에 붙여보라고 권했다. 그는 니코의 목에 종기가 난 것을 몰랐다. 니코가 항상 목깃이 올라간 옷을 입고 다녔기 때문이다. 사람들은 이것을 별난 취향이라고 비웃었다. 다른 이들은 보통 이 불편한 옷을 공식적인 자리에 나갈 때만 입었다. 니코는 아름다운 하얀 꽃이 피는 만병통치 약초를 구하게 된 걸 기뻐하면서 친구와 작별인사를 나누었다.

이쯤에서 분위기 전환이 필요하다면, 리스본의 항구 주변을 산책하는 니코의 모습을 추가할 수도 있다. 산책길은 조금 위험해 보인다. 니코가 부유해 보이는 탓이다. 목깃에 커프스가 달린 옷을 입고 다니는 사람은 대개 주머니에 황금을 가지고 다니는 법이니까. 니코가 술 취한 마도로스들과 싸움을 벌이게 하는 것은 어떨까? 대사관 정원에서 사랑싸움을 벌이는 장면과 오버랩 되게 하면 안 될까? 하지만 이 장면은 니코가 허름한 선술집에서 승리를 거둔다는 점에서 앞에 나온 장면과 차이가 난다. 항구의 술집을 돌아다니던 니코를 담배연기나 뿜어대는 선원들과 마주치게 할 수도 있다. 궐련은 아직 발명되기 전이고 연초가 널리 퍼진 상황도 아니었지만, 파이프담배는 그 당시 이미 포르투갈, 스페인, 프랑스 등지의 항구에서 유행하고 있었다. 니코는 그 사실을 몰랐다. 지체가 높지는 않았지만 그 역시 귀족이었다. 그에게 항구의 선술집은 외국 제후들의 궁전보다 더 낯선 곳이었다.

친구를 방문하고 온 다음날 니코는 사환에게서 초목 두 그루와 씨앗 한 봉지를 전해 받았다. 사환은 그것 말고도 젖은 수건에 싼 잎을 여러 개 가져왔다. 니코는 얼른 그 잎을 이마와 코에 갖다 댔다. 냄새가 불쾌했지만 몇 번 반복하자 실제로 두통이 약해졌다. 완전히 사라진 것은 아니지만 찌르는 듯한 통증과 머릿속의 진동이 훨씬 완화되었다. 머리가 넓어진 것 같았다. 이렇게 고마울 데가! 아, 이제 살만하군! 그는 즉시 종기에다 그 잎을 갖다 댔다. 효과를 판단하기는 어려웠다. 가려움은 덜해진 듯했지만 이렇다 할 효과는 없었다.

어느 날 니코는 낯선 소년 하나가 초목에 코를 대고 있는 걸 발견했다. 도둑인 줄 알았던 그 소년은 시동이었다. 니코는 소년의 코에 난 커다란 종기를 보았다. 끔찍하게 추한 종기였다. 니코는 그것을 잎으로 치료해보고 싶었다. 하지만 손수 잎을 따서 코에 붙여주는 대신 차근차근 지시를 내렸고, 아이는 그가 시키는 대로 했다. 니코는 매일 한 번씩 소년의 종기를 확인했다. 치료는 열흘간 계속되었다. 종기가 곪아터지고, 상처가 작아지더니 결국 아물었다. 소년은 여기저기 돌아다니며, 니코가 마법으로 그의 종기를 낮게 했다고 떠들어댔다. 종교 재판에 회부될 수도 있기에 이런 유명세는 위험했다. 교회는 그 같은 기적을 좋아하지 않았다. 니코는 하는 수 없이 금화 한 닢을 주고 소년의 입을 막았다. 하지만 그 잎은 니코의 종기엔 도움이 되지 않았다. 점점 나아간다는 징후도 없었다. 어떤 때는 더 악화되는 느낌마저 들었다. 하지만 두통은 견딜 만했다. 니코는 잎을 갖다 대는 횟수를 늘려 두통을 조절했다. 하지만 그는 잎을 아껴야 했다. 그러는 사이 니코는 이마에 잎을 갖다 대는 것보다 코에 가져다 대는 것이 더 효과적이라는 것을 알아냈다. 잎을 잘게 부수어 갖다 댈수록 효과가 더 컸다. 그는 마침내 잎을 빻아 연고를 만들었고 이것을 코안에 발랐다. 이 방법으로 그는 두통을 완전히 치유했다. 그는 다미안에게 자신과 시동이 톡톡히 효과를 보았다고 알렸다. 하지만 목에 난 종기에 대해서는 함구했다.

다미안과 상의한 끝에 니코는 이 영험한 식물의 효능을 알리기 시작했다. 그는 카트린에게 접근할 수 있는 프랑스 측 인사들에게 집중적으로 편지를 써서 만병통치 약초를 발견했다고 선전했다. 그 외의 다른 일들은 무시했다. 파란 리본으로 장식한 귀부인은 지쳐서 그를 떠나버렸다. 니코는 이 영험한 잎을 연구하면서 덤덤하게 실연을 받아들였다. 파란 리본의 여인은 그 사실에 더욱 분노했다. 자기에게 애원하고 간청해 주기를 바랐던 탓이다. 하지만 니코에게는 그럴 여유가 없었다. 정략결혼을 성사시키지 못한 것도 더 이상 신경 쓰이지 않았다. 그는 일전의 그 연고를 곱게 빻은 가루로 대체했다. 잎을 충분히 건조시킨 다음 가루로 만들어냈다. 가루의 효능은 탁월했다. 니코는 이 가루를 코로 들이마시며 행복을 느꼈다. 친애하는 독자들께서 이 장을 견뎌낸 후 다시 담배를 피울 수 있을 때 느끼게 될 행복과 비슷한 정도의 행복을……. 하지만 아직 우리는 그 시점에 이르지 못했다.

1560년 4월 26일 니코는 로렌의 프랑수아 추기경에게 편지를 쓴다. "소생은 기적적인 효험이 검증된 인디언들의 약초를 구했습니다. 이 약초는 커다란 종기와 악성종양, 의사들이 불치병이라고 여기는 누공과 우울증 등에 놀라운 효능을 지니고 있습니다." 우울증에 효능이 있는 약초. 이것이 가장 중요한 점이었다. 니코는 막강한 권력의 추기경에게 다음과 같이 약속한다. "씨앗에서 싹이 트면 이것을 전하의 정원사에게 보내겠습니다. 또한 지난번에 오렌지나무를 보내드렸던 것처럼, 종묘법에 대한 안내문도 함께 전해드리겠습니다." 몇 주 후에 니코는 추기경의 동생인 대주교가 작은 함대를 이끌고 리스본을 방문한다는 소식을 전해 듣는다. 방문의 목적은 결혼계획의 실패로 인해 불거진 프랑스와 포르투갈 사이의 불협화음을 종식시키는 것이었다. 니코는 이 지체 높은 귀족이 방문하는 게 자신에게 어떤 의미를 지니게 될지 고민했다. 지금 자리에서 쫓겨날 것인가? 그렇다면 이는 그의 관직경력이 끝장난다는 뜻이었다. 앙리가 죽고 그의 후계자 프랑수아도 갑자기 세상을 떠난 마당이라 궁정 안에는 더 이상 니코와 연줄이 닿는 권력자가 없었다. 대주교처럼 막강한 권세를 지닌 인물에게 님Nimes의 공증인 아들이 대항할 수단은 아무것도 없었다. 그해 초여름 대주교가 도착하기 전까지 니코는 많은 연초가루를 코 안에 투여했다. 8월에 함대가 입항했다. 포르투갈의 섭정 카타리나는 대주교가 경의를 표하자 매우 흡족해했다. 프랑스의 섭정이 표하는 것이나 마찬가지였기 때문이다. 왕가 사이의 결혼은 성사되지 못했지만 적어도 영국 엘리자베스 여왕의 해적들에 맞서 공동전선을 펴는 일만은 이룰 수 있을 것 같았다. 현실정치는 외교적 불화의 종식을 요구했다. 니코의 걱정은 근거 없는 것이었다. 대사로서의 그의 지위는 확고했다. 대주교는 니코에게 주어진 외교적 직무에 경의를 표했으며, 심지어 대사관에서 함께 식사를 하고 정원을 거닐기도 했다. 위대한 인물에게 가장 깊은 인상을 심어주는 것은 바로 위대함 그 자체다. 다미안이 차분한 논조로 그렇게 말한 적이 있다. 대주교는 씨를 매단 채 서 있는 키 큰 식물을 보고 감동하는 것 같았다. 하지만 니코는 군이 설명을 반복하지 않았다. 그는 이미 대주교에게 이 식물의 효능에 대해 설명했고, 그가 시동의 종기를 치료해준 일에 관해 이야기해준 터였다. 자신의 종기에 대해서는 언제나처럼 함구했지만, 두통을 치료한 일은 이야기했다. 그는 카트린이 편두통으로 고통을 겪고 있고, 그녀가 섭정하고 있는 어린 아들 샤를도 병을 앓고 있다는 사실을 알고 있었다. 대주교는 자신보다 지체가 낮은 사람들을 대하는 일이 매우 피곤했다. 무관심을 가장하는 데 능숙한 대주교였지만 극히 짧은 순간 잠시 본심을 드러내고 말았다. 물론 문자 그대로 찰나에 불과했다. 하지만 니코는 그 순간을 놓치지 않았다. 권력자가 관심을 보이는 순간을 예민하게 포착해 내는 게 외교관인 니코의 제2의 천성이었으니까. 그는 조심스럽게 자신의 증상을 설명하기 시작했다. 대주교가 불쾌해하는 기색을 보이지 않자, 니코는 더욱 대담해졌다. 그는 자신이 개발한 여러 가지 치료방법과 그 효과에 대해 이야기했다. 젖은 잎을 넣은 찜질주머니, 연고에 의한 실험, 가루약의 놀라운 효능 등에 대해 차근차근 설명했다. 대주교는 니코의 열정에 감복하여, 묘목과 씨앗과 가루약은 물론 니코의 처방전도 프랑스로 가져가서 이 신비의 약초가 지닌 효능을 카트린 드 메디시스에게 직접 알리겠다고 약속했다. 니코의 승리였다. 그는 행복했다. 덕분에 몸의 종기도 점점 줄어들더니 마침내 완전히 사라져버렸다.

나는 파란 리본 장식을 한 귀부인을 이쯤에서 다시 등장시켜 사랑의 화해를 이루게 하는 것도 좋겠다고 생각했다. 물론 역사소설에서도 어느 정도의 자유로운 상상은 허용된다. 그러나 이를 과도하게 사용하면 안 된다. 니코가 포르투갈에서 거둔 사랑의 승리는 역사가들에게 전혀 알려지지 않은 일이다. 크레타가 파란색을 좋아했기 때문에 니코에게 연애사건을 선사하기는 했지만, 나는 사실 사랑싸움 끝에 이 귀부인이 실연당한 것을 매우 흡족하게 생각하던 참이었다. 더구나 나는 파란 리본 장식을 한 귀부인과 니코가 서로를 알게 되는 장면을 빼먹지 않았던가!

니코는 1561년 프랑스로 귀환했다. 그는 자신의 약초를 선전하는 데 열을 쏟았다. 이 약초의 가장 중요한 소비자 가운데 하나는 그 자신이었다. 하지만 그 사이에 카트린 드 메디시스도 그중 하나가 되어 있었다. 섭정이 그의 가루약을 열렬히 애호하는 것을 보고 니코는 굉장한 기쁨을 느꼈다. 하지만 쓰라린 일도 있었다. 귀족들 사이에서 이 식물은 '대주교의 약초' 혹은 '메디시스의 약초'라고 불렸는데 이 두 가지 명칭에 대해 니코는 차마 이의를 제기할 수 없었다. 하는 수없이 그는 이 문제를 스코틀랜드의 인문주의자 조지 뷰캐넌에게 맡겼다. '메디시스의 약초'라는 명칭에 대해 그는 다음과 같은 구절로 끝나는 라틴어 풍자시를 지었다. "Nectar enim virus fiet, Panaces venenum, Medicea si vocabitur", 즉 '메디시스의 이름이 붙게 되면 넥타는 썩은 물이 되고, 약초는 독초가 된다'는 뜻이다. 이 조롱은 정치적 배경에서 나온 것이었다. 카트린 드 메디시스가 그녀의 아들 샤를을 대신하여 섭정 자리에 오르기 전의 일이다. 프랑수아 2세(샤를의 형)가 죽자 그의 미망인이었던 메리 스튜어트는 대주교의 외교적 중재를 통해 1561년 프랑스를 떠나 스코틀랜드로 되돌아갔다. 그녀는 스코틀랜드의 귀족과 재혼했는데, 그 귀족은 메리 스튜어트의 비서를 살해했다. 그 후 그도 결국 다른 귀족에게 살해당한다. 이 일을 기화로 신교의 귀족들이 구교도인 메리 스튜어트를 몰아내는 봉기를 일으켰다. 다급해진 스코틀랜드 여왕은 그녀의 정적인 영국의 엘리자베스 여왕에게 몸을 의탁하는 실수를 저질렀다. 왕족으로서의 동료애가 권력정치의 이해갈등을 조정해주리라는 순진한 희망을 품었던 것이다. 하지만 엘리자베스는 그녀를 재판에 회부하는 데 동의하였고 그녀는 결국 참수당했다. 조지 뷰캐넌은 이 재판을 맡았던 판사 가운데 하나였다. 그는 이 풍자시를 지어 과거 메리 스튜어트의 시어머니였던 카트린 드 메디시스를 조롱한 셈이다.

프랑스의 카트린 드 메디시스, 포르투갈의 카타리나 카스티야, 영국의 엘리자베스. 강력한 권력을 지닌 이 세 여인들끼리의 암투. 프랑스와 영국, 스코틀랜드를 전전한 메리 스튜어트. 그리고 그 권력의 향방 위에 부대끼던 젊은 외교관 니코. 이 얼마나 스펙터클하고 매력적인 드라마인가! 니코를 중심으로 이야기를 끌어 나간다면 역사소설이라는 틀 안에서 어떤 것이라도 연출해낼 수 있었을 것이다. 나는 니코의 이야기를 가지고 이 막강한 여인들과 한바탕 문학적 대결을 벌이고 싶었다. 그러나 안타깝게도 나는, 내가 이 소재를 다룰 만큼 성숙하지 못했다는 것, 그리고 앞으로도 그러지 못하리라는 것을 크레타의 눈에서 분명하게 읽었다. 나의 여왕들은 오로지 카르멘과 필리네, 안네와 파울라, 멜라니와 크레타뿐이었다.

---- ~

니코는 편두통을 완화하기 위해 잎으로 찜질주머니를 만들어 붙였다. 고약한 냄새에도 불구하고 잎을 직접 씹기도 했다. 그와 마찬가지로 오늘날 흡연자들은 금단현상을 완화하기 위해 니코틴껌을 씹는다. 니코는 추기경들과 여왕들에게 그의 약초를 선전했다. 오늘날에도 담배는 수백, 수천만의 사람들에게 광고되고 있다. 쏟아지는 비난과 공격에도 불구하고 말이다.

아마도 **친애하는 여성독자**들과 **경애하는 남성독자**들께서는 사람들이 흑백텔레비전을 보던 시절, IT라는 단어가 'Innentoilette(화장실내)'를 의미하던 시절을 기억할 것이다. 그 무렵 볼록한 텔레비전 화면에는 다음과 같은 장면이 심심치 않게 보였다. 여러 명의 남자들이 스트레스를 잔뜩 받은 표정으로 난장판을 벌인다. 그때 어디선가 하느님 아버지 같은 음성이 "멈춰라, 아들들아, 누가 먼저 하늘로 오르겠느냐"라고 묻는다. 그러면 이들은 담배를 집어든다. 그 다음은, 누구나 예견할 수 있는 장면, 즉 모든 일이 제대로 돌아가는 것으로 끝난다. 그 후로는 빨간색 셔츠를 입은 카우보이들이 일을 마친 후 모닥불 가에 둘러앉아 담배를 돌리는 사이, 노란 옷을 입은 한 남자가 나타나 함께 담배를 피우기 위해 몇 마일이나 걸어왔다며 신발창에 난 구멍을 보여주는 *말보로* 광고가 화면을 가득 채웠다. 그 뒤에는 귀여운 낙타들이 등장해 익살을 떠는 *카멜* 광고도 나왔다. 하지만 앙증맞은 낙타를 내세운 광고가 *카멜*의 판매 증가로 이어지지는 않았다. 사람들은 *카멜* 광고를 좋아했지만, 실제로는 *말보로*의 암모니아를 더 애호했다. 어쩌면 이것이야말로 포스트모던 시대의 가치다원주의를 드러내는 명확한 징표가 아닐까? 20세기의 끝자락, 1990년대에 사람들은 이런 질문들을 제기하고는 신문 사회문화면을 통해 여기 답변했다. 사회문화부 기자들은 단순한 현상을 복잡하게 생각하는 사람들이다. 이들은 컨테이너 안에서 생활하는 사람들이나 갑자기 인기가 치솟은 호두과자에 대해 기사를 쓸 때조차 논문 쓰듯 한다. 솔직히 말해 나 역시 일말의 책임은 있다. 나는 가십을 소재로 미니소설을 쓰는 일에 열정을 바치고 있었지만, 사회문화면의 지적 유희에 대한 관심도 포기하지 않았다. 나는 부서의 우두머리들이 충돌을 피하고 싶어 할 때마다 언제나 기꺼이 그 일을 도맡아 했다. 내 역할은 요리사들 사이의 불화를 이용해 자기 냄비를 불 위에 올려놓는 주방 보조 같은 것이었다.

당시 신문사에는 팽팽한 긴장감이 감돌았다. 비흡연자들은 자신의 건강을 지키기 위해 게릴라전을 전개함으로써 점차 우위를 확보해갔다. 심지어 소수의 비흡연자들은 어느 장소에서나 당당하게 금연을 요구했다. '사무실 내 금연'을 인정해준 판례들이 그들에게 자신감을 불어넣어주었다.

단 한 사람의 비흡연자가 부서 내의 모든 흡연자들을 발코니로 내몰았다. 흡연자들은 법적으로 뿐만 아니라 수적으로도 열세에 놓이게 되었다. 몇몇 비흡연자들은 관대함을 가장해 흡연자들이 '이따금' 담배를 피운다면 굳이 반대하지 않겠다고 말하기도 했다. 도대체 '이따금'이란 무슨 뜻일까? 흡연자와 비흡연자가 '이따금'의 정확한 의미가 한 시간에 두 번인지, 아니면 하루에 두 번인지에 대해 합의를 보는 것은 낙타가 바늘구멍을 통과하는 것보다 더 어려운 일이다.

담배전쟁의 승자는 그야말로 '이따금' 담배를 피우는 기회주의적 흡연자들이었다. 원래 이들은 흡연자들이 기피하는 대상들이었다. 심리적인 이유에서뿐만 아니라 재정적인 면에서도 그랬다. 담배 한 갑에는 일정한 숫자의 담배가 들어 있다. 흡연자들은 이것을 가지고 하루를 꾸려나가야 한다. 기회주의적 흡연자들은 "혹시 담배 한 대 얻을 수 있겠습니까?"라는 영원한 질문을 가지고 흡연자들의 하루 흡연계획을 뒤흔들어 놓는다. 고약한 습관이다. 이럴 경우 '네'라고 말하고 싶은 사람이 누가 있겠는가? 하지만 '아니요'라고 거부할 수 있는 사람은 또 누가 있겠는가! 한편으로는 기회주의적 흡연자들의 무임승차를 조장하고 싶지 않으면서도, 다른 한편으로는 동료들에게 인색하다는 평판을 듣고 싶지 않은 것이다. 갈취하는 자와 갈취당하는 자 사이의 사회적 상호작용에 대해서는 깊이 있는 연구가 필요하다. 이 자리에서 쉽게 접근할만한 문제는 결코 아니다. 물론 한 가지 사실만은 사회학 따위의 도움 없이도 분명하게 말할 수 있다. 이것이 인간관계의 가장 화려한 꽃을 피워낸다는 사실이다. 예를 들어 나는 골초인 내 직장 동료를 오래 관찰한 끝에, 그가 항상 담배 두 갑을 가지고 다닌다는 것을 알아냈다. 그중 한 갑은 자신이 피우기 위한 것이고, 다른 한 갑은 갈취자들에게 관대한 사람으로 보이면서도 담배를 한 대도 내주지 않기 위한 용도로 사용된다. 갈취자가 담배 한 개비 얻을 수 있느냐고 물어오면, 그는 "네, 물론이죠" 하고 대답하면서 담뱃갑을 꺼내 뚜껑을 연다. 그 안에는 항상 담배가 한 개비만 들어 있다. "아, 돛대네요"라며 그가 우울한 표정으로 담배를 권한다. 흡연자의 돛대를 갈취하는 것은 잔인한 짓이다. 그건 일종의 불문율이다. 문서화한 법규보다도 더 엄격하게 지켜야 하는 불문율인 것이다. 갈취자가 담뱃갑 안에 선 돛대를 보는 순간, 이 희생적인 관용에 감사를 표하며 어깨를 움찔하고 물러서리라는 것을 그 골초는 뻔히 알고 있다.

이 트릭은 놀랍도록 단순하면서도 천재적이다. 하지만 여기에는 그 이상의 깊은 의미가 들어 있다. 시간이 지남에 따라 갈취자들은 동화에 나오는 토끼 앞의 고슴도치처럼 분명하게 자신들 앞에 등장하는 이 극복 불가능한 돛대에 뭔가 석연치 않은 점이 있음을 감지하게 된다. 하지만 이것을 알아차리게 되었다는 것은, 그들이 그만큼 자주 담배를 갈취하고 있다는 사실을 입증한다. 이렇게 해서 이 트릭을 꿰뚫어보게 된 기쁨과 갈취행위에 대한 수치심은 뒤섞인다. 그래서 항상 돛대를 담뱃갑에 가지고 다니는 골초는 다른 흡연자들에게 담배문제로 시달리는 일이 점점 더 줄어든다. 그밖에도 그가 몇 년 전부터 은밀하게 담배를 끊으려했는데, 이 시도가 즉시 실패하고 말아 아무도 이것을 눈치 채지 못했다는 사실도 드러나게 된다. 어느 날 나는 금단현상 때문에 주의력을 잃은 나머지 그 골초에게 "담배 하나 얻을 수 있을까?" 하고 물었다. 그는 즉시 돛대가 든 담뱃갑을 코앞에 내밀었다. 나는 당황해서 얼굴을 붉혔다. 하지만 그는 선의의 표정으로 웃으며 말했다. "자, 받아. 내 마지막 담배야." 나는 놀라서 두 손을 들어 올리며 거절하는 동작을 취했다. 그는 바로 지금, 이 순간부로 영원히 담배를 끊을 것이며, 나는 그의 마지막 담배를 피우는 영예로운 과업을 수행하는 것이라고 내게 차분히 설명했다. 나는 그의 말에 깊은 감동을 느끼며, 그가 내게 부여한 과업을 수행했다. 실제로 그는 다시는 담배를 피우지 않았다. 그는 신문사 전체가 두려워하는 사도 바울이 되었다. 성서에 친숙하지 않은 독자들을 위해 다른 말로 표현하자면, 그는 흡연자들에 대한 위대한 비판자로 거듭났다.

적대적인 환경 속에서 피우는 담배는 아무런 즐거움도 주지 못한다. 아마도 이것이 신문사 안에 서식하던 그 많은 흡연자들이 담배를 멀리하게 된 이유일 것이다. 점차 모든 부서에서 비흡연자들이 우위를 점하게 되었고, 그들은 공공연히 모든 정책노선을 결정했다. 최초로 원칙적인 금연령이 도입된 부서는 조판부였다.

이 기회에 '원칙적'이라는 것이 무엇을 의미하는지 원칙적으로 설명해보고자 한다. 이 간교한 단어의 해석을 두고 동독출신의 동료들과 서독출신의 동료들 사이에서 사회화 과정의 차이가 두드러졌다. 한쪽에서는 어떤 것이 원칙적으로 유효하지만 모든 가능한 예외들이 허용되는 경우, 그것을 '원칙적'이라고 이해한다. 다른 한편에서는 어떤 것이 원칙적으로 뿐만 아니라 실제적으로도 예외 없이 원칙적일 때만 그것을 '원칙적'이라고 한다.

이 두 의미 중 어떤 것이 법적 정당성을 지니는가에 대해 조판부 내에서 격렬한 토론이 벌어졌다. 결국 예외를 두지 않는다는 해석이 승리를 거둔 후, 조판부원들의 대형 사무실은 신문사 최초의 금연구역으로 규정되었다. 심지어 다른 부서의 부장들조차 이 사무실에 모래 화분에 담배를 끄고 들어가야 했다. 조판부에 이어 디자인부가, 그 다음에는 판매부가, 이어서 경리부가, 결국에는 골초 국장이 상근하고 있는 광고국조차 그 뒤를 따랐다. 그런데 광고국장은 업무상으로도 담배를 피워야 하는 처지였다. TV에 담배 광고를 못 내보내게 된 뒤로 담배회사들은 신문이나 잡지에 막대한 광고비용을 지출했다. 광고국장은 수익률이 높은 컬러광고를 따내기 위해서라도 담배를 피워야만 했다.

조판부, 경리부, 디자인부, 판매부, 광고국이 금연구역이 되어버린 후, 오로지 편집국만이 최후의 보루가 되었다. 사장실이 있는 층의 사무실에서도 담배를 피울 수 있었다. 하지만 아래층에 있는 흡연자들이 급한 욕구를 채우기 위해 거기까지 뛰어가는 것은 현실적으로 불가능했다.

128

담배를 피우러 사장실에 갈 사람이 있을까.

하지만 편집국에서는 그게 아직 가능했다. 이곳은 곧 자신의 영토에서 추방된 다른 모든 부서의 흡연자들이 모이는 집회장소가 되었다. 원칙 논쟁에서 패배한 조판부의 여자흡연자 두 명은 여론담당 남자흡연자와 만나 그녀들이 금방 컴퓨터에 입력한 주의사항에 대해 이곳에서 토론을 벌였다. 광고국의 마지막 여자흡연자는 몇 년간 짝사랑 중인 디자인부의 남자흡연자를 끌고 들어왔고, 부서원 모두가 흡연자지만 창문을 열어놓는 일에 합의를 보지 못해 금연구역이 되고 만 경리부의 직원 세 명도 그 뒤를 따랐다. 여기에 편집국 직원까지 동참하면 모임은 소규모 직원대회 같았다.

원래 신문사의 여러 부서들은 인도의 카스트제도만큼이나 엄격하게 구분되어 있다. 하지만 편집국이 모든 부서의 흡연자들을 위한 망명지가 되어버린 후, 민주적 토론을 향한 열망이 확산되었다. 조판부에서 오직 원칙적으로만 원칙적인 두 여자흡연자 중 하나가 여론담당 기자의 정치해설 기사를 '뒤죽박죽'이라고 평하면서 이 단어에 대해서 더 이상 설명하지 않으려고 담배를 뽑아 물었다. 서로 화해가 불가능할 정도로 의견이 맞지 않으면서도 항상 셋이 함께 편집국으로 담배를 피우러 오는 경리부 직원들은 새로 입사한 스포츠담당 여기자와 공동전선을 펴며 왜 여자는 축구를 하면 안 되는지 설명했다. 여기자의 편을 들기 위해 동성애자인 스포츠부장이 논쟁에 가담했다. 스포츠 부장은 이 쟁점에 대해서만 예외적으로 의견이 일치하는 경리부 직원들을 포함해, 신문사 내의 모든 사람들에게 호감을 얻었다. 신문사 내의 몇몇 여자흡연자들은 우아하게 손목을 굽혀 담배를 들고 있는 그의 포즈를 따라하고 싶어 안달이었다. 하지만 여자축구를 옹호하는 그의 논리는 별로 설득력이 없었다. 남성적 호모로 알려진 경리부 직원 하나가 뜬금없이 여성적 호모는 던지기를 잘 못한다고 주장하자, 휴식시간의 대화는 원반, 해머, 창 등 올림픽의 던지기 도구들에 대한 찬반토론으로 넘어갔다. 새로 들어온 스포츠담당 여기자를 따라 모두들 담배를 한 대 피운 뒤, 토론은 이제 동성애와 핸드볼 사이의 관계로 넘어갔다. 단호한 이성애자인 문학담당 기자는 동성애적인 핸드볼을 공격하고 싶은 마음이 굴뚝 같았다. 그러나 광고국 여직원이 가비 하우프트만과 헤라 린드 사이의 문체를 두고 장광설을 늘어놓는 바람에 그만 거기에 끼어들고 말았다. 두 여류작가의 소설 중 어떤 것도 읽어본 적이 없는 디자인부 직원이 문학담당 기자를 거들었다. 문학담당 기자 역시 이들의 소설을 읽지 않았지만, 그 사실을 드러내지 않았다. 여자는 자신이 읽은 소설을 남자가 칭찬하지 않거나 심지어 비웃기라도 하면 사자처럼 사나워진다. 미용실에서 읽는 잡지의 경우도 마찬가지다. 머리를 자르는 일과 황색언론 사이의 관계는 조건반사 같은 것이라고 비웃는 **친애하는 여성독자**의 경우에도, **경애하는 남성독자**가 이것을 비웃으면 참을성을 잃는다. "Quod licet Jovi, non licet bovi." 라틴어를 쓰기 좋아하는 필리네라면 이렇게 말했을 것이다. "제우스에게 허용된 것이 황소에게는 허용되지 않노라"는 뜻인데, 이 경우 **친애하는 여성독자**는 제우스가 되고, **경애하는 남성독자**가 황소에 해당된다.

문학담당 기자는 담배를 피워 물면서 **흡연기호가 나올 때만 담배를 피우시기 바랍니다** 광고국 동료와 디자인부 동료가 함께 연주하는 문학 삼중주에서 빠져나오려고 무던히도 애썼다. 그는 오만하게 보이지 않으려고 노력하면서 그가 경솔하게 포기해버린 미학적 이상을 헤라 하우프트만과 가비 린트 위에 놓음으로써 지켜내려고 했다. 하지만 그는 이 문학적 대화를 조화롭게 끝내고자 하는 열망을 포기할 수밖에 없었다. 광고국의 여자동료가 말했다.

"뻔한 이야기야!"

디자인부 동료가 고개를 끄덕였다.

"문학평론가들은 도대체 왜 아무도 읽지 않는 책에 대해서만 글을 쓰는 걸까?"

디자인부 동료가 고개를 끄덕였다.

"서비스 정신이 부족해! 서비스 정신! 부족!"

디자인부 동료가 고개를 끄덕였다.

"내가 문학담당 기자라면, 나는⋯⋯."

이 순간 그녀의 부장이 입에 이쑤시개를 물고 사무실로 들어왔다. 자신의 그림자보다도 총을 빨리 뽑는 럭키 루크가 1991년 그를 만들어낸 만화가에게 담배를 빼앗긴 후 갈대를 물고 다녔듯, 광고국장은 흡연광고 '창조자'로부터 뜻밖의 치료를 받은 후 이쑤시개를 물고 다녔다. **흡연기호가 나올 때만 담배를 피우시기 바랍니다.**

롤프는 이쑤시개를 물고 다니는 비흡연자로 전향하기 전까지 저 무서운 블랙 크라우저(*두껍게 만 경우: 14mg, 니코틴: 1.2mg, 일산화탄소: 기재되지 않음*)의 열렬한 애호가였다. 그는 전화통을 붙들고 있는 와중에도 한 손으로 끊임없이 이 담배를 말아 피웠다. 멜라니라면 이런 남자에게 기쁨을 느꼈을 것이다. 실제로 나중에 그녀는 그렇게 되었다.

그는 이처럼 뛰어난 솜씨로 담배 마는 일을 돌연 그만두었다. 어느 날 점심시간에 새 담배를 광고하는 젊은 책임자를 만났던 게 화근이었다. 그가 이런 말을 했기 때문이다. "파리에게 오물을 팔아야 한다는 이유로 그 오물을 좋아해야 한다는 말입니까?" 롤프는 그 말에서 받은 충격을 극복할 수 없었다.

그는 결코 스마트한 타입이 아니었다. 사장이 광고국장에게 기대하는 것처럼 모든 것을 해낼 수 있는 사람도 아니었다. 성격 또한 무뚝뚝한 편이었다. 소광고주들에게 광고란을 팔 때도 자기편에서 은혜를 베푸는 것인 양 느끼게 하는 사람이었다. 그는 신문을 사랑했다. 하지만 그가 사랑한 것은 그 안에 들어 있는 내용이 아니었다. 그는 신문 지면을 센티미터 단위로 귀중하게 여겼다. 이것은 일종의 약점이었다. 이런 특성은 글의 길이에 따라 고료를 받는 자유기고가들의 글을 편집해야 하는 편집국 기자들에게서나 나타나는 혐오스런 증상이다. 롤프는 '신문은 읽기 위해 존재한다'는, 그야말로 광고인에게서는 절대로 찾아보기 힘든 견해를 가진 사람이었다. 물론 이는 사실과 다르다. 오늘날 이런 견해에 말려들 사람은 아마 하나도 없을 테니까. 롤프는 돈만 내면 신문에 마음대로 자리를 살 수 있다고 생각하는 광고주에게는 광고란을 내주지 않으려 했다. 그래서 경영주와 논쟁을 벌이곤 했지만, 대광고주들 특히 담배광고주들과 매우 가까운 인간관계를 맺고 있었기 때문에 그의 지위는 요지부동이었다.

그가 이 대광고주 중 하나와 사이가 틀어졌을 때, 사장은 이 기회를 이용하여 규정된 퇴직금을 주고 그를 내쫓아 버렸다. 문제가 된 것은 담배광고였다. 이 광고는 평소처럼 전면광고가 아니라, 직사각형의 담뱃갑 그림을 정중앙에 배치했다. 그것도 더 주의력을 끄는 자리라고 마케팅 담당자들이 여기는 오른쪽 면에. 롤프에게는 광고가 목적을 위한 수단에 불과했다. 목적은 항상 신문이었다. 광고주에게는 신문이 목적을 위한 수단이었으며, 목적은 항상 광고였다. 이로 인해 이해관계가 충돌할 때마다 항상 균형과 타협이 이루어졌다. 담뱃갑을 정중앙에 배치한 광고는 결정적으로 이 균형을 깨트리는 것이었다. 그렇게 되면 편집된 기사들이 광고의 주변에 놓이게 되어 가치를 잃게 된다. 롤프는 이에 반대하다가 가장 중요한 고객을 잃게 되었고, 결국 자신의 직업도 잃었다. 모두 내가 이미 신문사를 떠난 뒤에 벌어진 일이다. 하지만 나와 규칙적으로 만나고 있던 멜라니가 내게 롤프의 싸움에 대해 현장 중계하듯 자세히 들려주었다. 멜라니는 나를 통해 롤프를 알게 되었다. 신문사에서 열린 대규모 파티에 수학여행을 떠난 크레타 대신 그녀를 데려갔기 때문이다. 나는 그녀를 롤프에게 소개했다. 악수를 하면서 동시에 다른 한 손으로 담배를 말 수 있는 두 사람을 만나게 하고 싶다는 열망을 거역할 수 없었던 탓이다. 이토록 기이한 두 흡연자가 만나면 대체 어떤 일이 벌어질 것인가?

---~ ----~ ----~ ----~ ----~ ----~ ----~

----~ ----~

----~

아무 일도 일어나지 않았다. 내 말은 엄청나게 많은 일이 일어났지만, 이것이 두 사람의 담배 피우는 태도에는 아무런 영향도 미치지 않았다는 뜻이다. 이들은 몇 주 동

안 링 위의 복서처럼 서로를 맴돌더니, 어느 날 작은 파티에서 약혼소식을 알렸다. 이들은 아직도 약혼 중이고, 각자 자신의 집에서 살고 있다. 신문사를 그만둔 후 나는 롤프를 거의 보지 못했다. 하지만 멜라니를 통해 신문사에서 벌어진 그의 싸움 소식을 전해 들었다.

내가 신문사에 근무하는 동안 롤프의 사무실로 통하는 문은 항상 열려 있었다. 회사 내의 여사원, 견습 여사원을 포함한 모든 여사원은 미리 면담시간을 잡지 않아도 항상 이 문 안으로 들어설 수 있었다. 하지만 주의해야 할 점도 있었다. 반드시 필요한 경우에만 이 권리를 사용해야 했다. 일주일에 닷새를 함께 보내야 하는 사람들 사이에 생길 수 있는 사소한 일이나 일상적인 다툼을 가지고 그의 시간을 뺏으려들면 그는 순식간에 고약한 사람으로 돌변했다. 이런 경우 그는 무뚝뚝하게 으르렁대는 것이 아니라 속삭이듯 말했다. 속삭이는 소리가 작아질수록 *크라우저* 담배 때문에 쉬어버린 그의 목소리에서 커다란 분노가 묻어나왔다. 직원들이 중요한 일로 그를 찾으면 그는 즉시 결정을 내려주었다. 이때 올바른 결정과 잘못된 결정의 비율은 대략 80대 20정도라는 데 사람들의 의견이 일치했다. 이는 보스로서 꽤 높은 비율이었다. 이 세상 모든 직장인들의 의견에 따르면 일반적으로 보스가 옳은 결정을 내리는 비율은 높아봤자 50대 50에 불과하다. 심지어 신문사 문화부장의 경우 이 비율은 20대 80밖에 안 되는 것으로 알려져 있다.

조용한 사무실에서 광고주와 전화통화를 하며 블랙 크라우저를 말아 피우는 롤프는 더할 나위 없이 친근한 사람이었다. 그의 40회 생일을 맞아 부서 직원들이 'Never'라는 단어가 수놓아진 발판을 그에게 선물하자 그는 이것을 아무 말 없이 자기 사무실 문 앞에 놓아두었다. 그러나 이 발판은 곧 사라졌고 그 다음 자신이 제거되었다. 후임자는 항상 문을 닫아놓았고, 문 앞에는 코카콜라 필체로 'Welcome'이라는 단어가 새겨진 발판을 깔았다.

롤프는 스스로를 '창조자'라고 부르는 사람을 '광고뚜쟁이'라고 불렀는데, 이 뚜쟁이 중 한 사람이 그가 담배를 피운다는 이유 하나만으로 오물이나 처먹는 파리라며 비난하자 걷잡을 수 없는 분노를 느꼈다. 그는 모욕감을 견딜 수 없었다. 그는 자기가 정말 오물이나 처먹는 파리일지 모른다고 자학하게 되었다. 흡연자는 강인한 의지의 소유자다. 이런 사실은 흡연자가 담배를 피우지 않을 때 입증된다. 하지만 마지막 담배에 대해 생각할 때면 철학적으로 변하는 경향이 있다. 마지막 담배를 피운 후에는 삶이 아무 의미도 없게 된다. 그는 이것을 알고 있었다. 이 때문에 그는 자기 자신을 수치스럽게 느껴 비난했다. 이렇게 자학하다가 제품에 의지가 꺾이면, 결국 마지막 담배에 뒤

이어 다시 첫 담배를 피우게 된다. 이런 사태는 주로 금연 결심 세 번째 날에 발생한다. 롤프가 이쑤시개를 물고 사무실로 들어왔을 때가 바로 금연한 지 셋째 날이었다. 그의 기분은 100도와 0도 사이를 오갔다. 그가 말을 할 때면 입에서 이쑤시개가 춤을 추었다. 그는 광고국 여직원에게 책상 위에 직원들 전화번호가 놓여 있으니 일일이 전화하기 바란다고 말했다. 그리고 덧붙여서, 담배를 피우러 나간 직원들을 찾으러 신문사를 돌아다니는 일이 그에겐 그다지 어려운 일이 아니라고 했다. 하지만 그보다는 차라리 금연령을 철회하고 직원들의 착석률을 높이는 게 더 현명한 처방이 아니겠느냐고 물었다. 그는 이 모든 것을 헛기침과 구분이 안 될 만큼 아주 나지막한 목소리로 말했다. 최고 수준의 경계경보였다. 여직원은 공포에 사로잡혔다. 그녀는 마지막 담배 한 모금을 부장의 얼굴에 내뿜고는 금방 불을 붙인 그 담배를 디자인부 직원의 손에 건넸다. 디자이너는 매혹된 눈길로 담배를 응시했지만, 립스틱이 묻은 담배를 입에 대지는 않았다. 롤프가 손가락으로 V자를 만들어 그의 코앞에 들이댔다. 디자이너는 복종하듯 롤프의 두 번째와 세 번째 손가락 사이에 담배를 끼워주었다. 롤프는 즉시 손가락을 입으로 가져갔다. 그리고선 이쑤시개 따위 까맣게 잊고서 담배를 입 안으로 찔러 넣었다. 디자이너의 입에서 웃음소리가 새어 나왔다. 롤프는 신음을 내며 고통을 참았다. 그는 채 한 모금도 빨지 못한 담배를 비벼 끄고선 입술에서 배어나온 핏방울을 핥았다. 디자이너는 얼른 자리를 피해 달아났고, 롤프는 우스꽝스러우면서도 진지한 절망감에 빠진 채 자신의 입에서 럭키 루크의 상징인 이쑤시개를 엄지와 집게손가락으로 뽑아 부러뜨렸다. 다음날부터 그는 다시 전처럼 전화를 하며 *크라우저*를 말았다. 그 사이에 아무 일도 없었던 것처럼 행동했다. 다른 직원들도 그렇게 행동했다. 이것이 가장 안전한 태도였다.

---- ~

편집국이 흡연자들의 순례지가 된 이후 문자 그대로의 의미로나 비유적인 의미로나 사무실 공기는 점점 더 탁해졌다. 그리고 문자 그대로의 의미에서 공기가 탁해진 것이 비유적인 의미에서 공기가 탁해지는 원인이 되는 일도 점점 잦아졌다. 사무실 내의 비흡연자들이 반기를 들기 시작한 것이다. 신문사의 다른 부서에서 일어났던 모든 종류의 전투가 이곳에서 다시 벌어졌다. 그리고 다른 곳에서처럼 이 싸움 역시 비흡연자들의 승리로 끝났다. 흡연자들은 궁색한 싸움을 벌여야 했다. 이들은 복도에서, 커피자판기 앞에서, 심지어는 회의실에서도 서 있을 곳을 잃더니 결국 같은 층에 있는 모든 방에서 밀려났다. 하지만 단 하나 예외가 있었다. 음악담당 여기자의 방이었다. 멜라니만큼이나 니코틴 애호가였던 그녀는 결코 물러날 기색이 없었다.

그녀는 쫓겨난 모든 흡연자들을 그녀의 방에 받아들였다. 열 살 무렵이었다면 코만치들의 부족회의에서 여지없이 성차별을 당했을 그녀가 뒤늦게 승리를 구가하고 있었다. 그녀의 널찍한 방은 망명자들의 안식처였다. 교회 제단에 그려진 그림 속에서 신도들이 성모마리아의 품안으로 도피하듯, 흡연자들은 이 방 안을 떠도는 파란 연기의 품에서 도피처를 구했다. 신문사의 모든 탁한 공기가 이 방으로 집결했다. 문자 그대로의 의미로나 비유적인 의미로나. 때로는 분노의 먹구름이 피어올랐고, 때로는 비밀누설의 가벼운 양떼구름이 창밖으로 새어 나왔다. 이곳은 곧 여러 부서의 남녀 흡연자들이 새로운 가십과 비밀을 들고 모여드는 밀실이 되었다. 그러자 심지어 비흡연자들도 회사 내의 비밀을 탐색하고자 이 방을 찾았다. 흡연자들은 이들을 잠시 받아들이는 척하다가 즉시 이들 앞에 담뱃갑을 내밀었다. 이들은 제안을 받아들이거나 **흡연기호가 나올 때만 담배를 피우시기 바랍니다** 방을 떠나야 했다.

담배전쟁이 이 단계에 이르자 금연에 대한 책들을 분석한 평론의 복사본이 신문사 내에 떠돌기 시작했다. 이 평론은 문화부장이 자유문필가에게 청탁한 것이었다. 이 문필가는 담배라고는 입에 대보지도 않은 사람이었다. 사람들은 한 번도 담배를 피워보지 않은 작자에게 금연에 관한 글을 쓰게 한 문화부장의 결정이 당연히 잘못된 것이라고 생각했다. 더구나 문화부장은 편집진 중 가장 먼저 비흡연 자 진영으로 전향한 후 음악담당 기자와 격렬히 싸움을 벌 여온 인물이었다. 그러나 그가 원고청탁을 한 이유가 무엇 이었든 간에, 그 원고는 우리에게 행운으로 작용했다.

매일 40리터 분량의 자살

담배를 피우는 사람에게 담배를 그만 피우라고 말하 는 것은 개구리에게 개구리이기를 포기하라고 말하는 것 이나 마찬가지다. 나는 담배를 피우지 않는다. 이 괴이 한 것을 차례로 하나씩 입에 꽂아 넣는 짓은 언제까지나 내게 수수께끼로 남아 있을 것이다. 내가 담배를 피우고 싶은 유혹을 느꼈던 것은 지금까지 살아오면서 단 한 번 뿐이었다. 애연가들마저 담배를 끊게 해 줄 거라는 10여 권의 책을 읽고 분석해서 원고 쓰는 일을 맡았을 때다. 하지만 나는 그 책들에 쓰인 대로 담배를 가까이 하지 않 았다.

그 책의 대다수 저자들은 정신분석학적 요법, 신경언 어학 프로그램, 행동요법적 자기암시 등등 세상에 존재 하는 모든 금연요법을 빌려와 자기 의견을 개진했다. 여 기엔 기공수양이, 저기에서는 요가수양이 동원되는 식 이었다. 동아시아 지역에서 생산된 이 저가의 수입품들 은 기계적 업무에 지친 서양인들에게 생필품이 되어버렸다. 이들은 담배를 끊음으로써 직장 생활의 적응도와 업무능률을 높여 성공을 이루고자 하며, 퇴근 후에는 불교 승려처럼 평정심 속에 살고 싶어한다. 이제 남은 일은 마침내 금연에 성공한 자가 나타나 "달라이 라마와 함께 금연을!" 이라고 말하는 것뿐이다. 미소를 지으며, 항상 양 손바닥을 활짝 펼쳐라. 그러면 물론 담배를 손에 쥘 수 없겠지.

금연서의 저자들은 예외 없이 깨달음과 구원을 얻기 전까지는 골초였다고 고백한다. 그중 한 사람은 모든 방법으로 금연을 시도했지만 실패하여 한때는 매일 100대의 담배를 피웠노라고 자랑했다. 염소가 정원사가 된 것이다. 20년 동안 하루 스무 대 이상 담배를 피워왔던 사람들을 어떤 방법으로 20일 이내에 담배를 끊게 해주겠다는 건지 나는 도무지 이해할 수가 없다. 흡연자들은 소시민적인 작은 악습을 지녔을 뿐이다. 나는 흡연습관 외에는 지극히 이성적인 그들에게 왜 금연에 대해 설명하고 있는 흡연자의 책을 강권하는지 이해할 수 없다. 벽에 못을 박는 법을 배우는 데 20년이 걸린 사람이 마침내 이것을 터득한 후 자동차 수리에 관한 책을 쓴다면 어쩔 것인가? 고장 난 자동차를 가진 사람이 과연 그런 책을 살 것인가?

금연서 안에는 개인적인 낭패감의 체험이 묻어 있고,

친숙한 실패의 경험이 들어 있다. 금연을 바라지만 실천하지 못하는 고통도 담겨 있다. 진정한 금연서를 쓰기 위해서는 이 모든 것을 몸소 체험해봐야 한단 말인가? 그렇다면, 흡연으로 인해 동맥경화에 걸린 사람의 다리를 절단해야 하는 의사는 반드시 목발을 집고 수술실을 절름거리며 돌아다녀야 한단 말인가? 흡연으로 인한 하반신 동맥경화 증상을 최초로 발견한 사람은 오스트리아의 의사 프란츠 페르디난트 라우허(1864-1930)였다. 이 병의 증상은 당신은 물론 철학자도 멈추게 할 수 없다. 시몬 드 보부아르는「사르트르와의 이별」에서 의사가 했던 말을 이렇게 적고 있다. "의사는 사르트르에게 다리를 잃지 않고 싶으면 담배를 끊어야 한다고 경고했다. 담배를 피우지 않으면 다리의 상태가 훨씬 호전될 것이며, 평화로운 노년과 정상적인 죽음을 맞이할 수 있으리라는 것이다. 그렇지 않으면 우선 그의 발가락을, 그 다음에는 발을, 그리고 결국에는 다리를 절단해야 할 것이라고 했다. 사르트르는 심각한 표정을 지었다." 하지만 그에게는 선택의 여지가 없었다. 그는 계속 담배를 피웠다.

모든 금연서들은 금연방법에 대해 수십 쪽씩 할애하고 있다. 하지만 그 내용은 지극히 간단하다. 담배를 피우지 않으면 된다는 것이다. 그런데도 이 책들은 저마다 특별하고, 유일하고, 틀림없고, 종래에는 없었던 새로운 방법이라도 있는 것처럼 부제까지 달아 떠들어댄다. 어떤 책은 기분 좋은 금연을, 어떤 책은 전투 없는 승리를, 어떤 책은 가벼운 탈출을, 어떤 책은 지속적인 성공을, 어떤 책은 금단현상으로부터 손쉽게 벗어나는 길을 약속한다. 이 모든 호객꾼들과 기적의 치료사들에게는 한 가지 공통점이 있다. 담배를 다시 피우고 싶을 경우에 대한 두려움을 조장하고, 저마다 대비책을 제시하고 있다는 점이다. 이들이 중요하게 생각하는 것은 하나같이 '셋째' 날이다.(다음 번 담배에 대한 공포가 그것이다.)

어떤 책들은 인내심을 가져야 한다고 말하면서, 특히 금연 셋째 날에 마음속의 욕구를 차갑게 외면할 수 있어야 한다고 조언한다. 또 어떤 책들은 유순해야 한다고 말하면서, 특히 셋째 날에 마음속 어린아이와 계속해서 대화를 나누어야 한다고 권고한다. 첫 번째 유형의 책에서 말하고자 하는 것은 꾸준히 인내해서 내면의 괴물을 동굴 속으로 몰아넣으면 셋째 날이 와도 담배를 피우지 않게 되리라는 것이다. 두 번째 유형의 책이 약속하는 것은 유순한 태도로 내면의 어린아이를 달래면 셋째 날에도 담배를 피우지 않게 되리라는 것이다. 절충적 유형도 있는데, 여기에서는 꾸준한 인내를 가지고, 자신을 달래면서, 그저 담배생각을 하지 말라고 권한다. 이것은 모두 동어반복에 다름없다. 그들이 밝히고자 하는 진실은 지극히 단순하다. 셋째 날에 담배를 피우지 않을 사람은 셋째 날에 담배를 피우지 않게 된다.

이런 부류의 책들은 금단현상에 대항하는 수단으로 과일과 채소를 먹고 스포츠를 즐기라고 권한다. 마치 아무도 그러지 않는 것처럼 말이다. 남녀 흡연자들이 조깅화 끈을 단단히 묶고 담배를 내던진 채, 떼를 지어 청과물상으로 달려가는 모습이 눈에 선하다. 누구든 이런 충고를 적절히 수행할 수 있다면, 그 즉시 신데렐라 증후군에서 벗어나 건강한 삶을 영위할 수 있으리라. 하지만 막상 청과물상에 도착하면 들뜬 감정이 가라앉기 시작한다. 사람들은 과일과 채소를 한 봉지씩 사서 집으로 돌아와 우울한 기분으로 이것을 식탁 위에 올려놓는다. 스포츠는 힘이 들고, 야채는 물에 씻어야 하며, 과일에는 니코틴과 암모니아가 들어 있지 않다. 니코틴에 중독된 사람에게 담배를 피우지 말고 사과를 먹으라고 하는 것은, 알코올 중독자에게 술 대신 물을 마시라고 강요하는 것과 마찬가지다.

이 책들이 아무리 열심히 다른 책과의 차이를 주장할지라도 한 가지 점에서는 동일하다. 약속을 쏟아낸다는 점이다. 담배를 끊으면 호흡이 더 깊어지고 깨끗해진다. 입안의 악취가 사라진다. 미각이 되살아난다. 세상이 향기로 가득하게 된다. 모든 감각적 향락이 훨씬 강렬하게 다가온다. 심지어 은혼식 날에 섹스를 해도 첫날밤처럼 신선하게 느껴진다. 이 불가능한 약속들이 궁극적으로 주장하는 것은, 금연이 개인의 잠재력을 다시 활성화 시켜줄 수 있다는 것과 흡연으로 소모되고 있는 에너지를 삶과 능력에 선용할 수 있게 된다는 것이다. 그러나 실제로, 사용하지 못하고 있는 잠재력이란 없다. 아니, 잠재력을 가지고 할 수 있는 일은 거의 없다. 오히려 당신은 이에 대해 두려움을 느끼고 있는지도 모른다. 당신이 담배를 피우는 이유는, 담배를 끊으면 감춰진 위대함이 드러나게 될 거라고 말하고 싶기 때문인지도 모른다. 감춰진 위대함이 드러나지 않을까봐 두려운 당신은 물론 계속 담배를 피울 것이다. 그런 위대함이란 원래 없으니까. 담배를 피우는 한 당신은 스스로에게 이렇게 말할 수 있다. '내가 인생에서 지금 이상의 일을 해낼 수 없는 것은 담배 때문이야!' 좋다. 담배를 끊는다면 이제 그것을 누구 탓으로 돌린단 말인가?

금연서들의 디자인은 가지각색이지만, 그 대부분은 부러진 담배와 구겨진 담뱃갑들로 넘쳐난다. 이 책에 화보들이 들어 있고 이 화보에 사람들이 등장하는 경우, 이들은 모두 잘 생기고, 젊고, 날씬하고, 윤기나는 피부와 빛나는 눈을 자랑한다. 하지만 이런 책에서 행복하게 과일을 먹고 있는 비흡연자들만큼이나 담배회사의 광고에 나오는 흡연자들도 쾌활하고 빛나는 모습이다.

이런 책들이 전하려는 메시지와 마찬가지로, 호소하는 방식도 항상 동일하다. 담배는 중독성을 지니고 있습니다 — 담배를 피우지 마세요! 담배는 질병을 일으킵니다 — 담배를 피우지 마세요! 담배는 당신의 재산을 축냅니다 — 담배를 피우지 마세요! 담배는 악취가 납니다 — 담배를 피우지 마세요!

책을 읽으면서 당신은 깊이 반성한다. 하지만 그뿐. 당신은 계속 악취를 풍기고, 푼돈을 축내고, 질병에 시달리고, 담배를 피울 것이다. 아니면 코담배를 맡거나, 니코틴껌을 씹을 것이다. 구역질나는 일이다. 스탈 부인은 이렇게 말한 적이 있다. "담배를 피우는 사람에게서는 돼지 냄새가 난다. 쿵쿵거리며 코담배를 맡는 사람은 돼지 같아 보인다. 담배를 씹는 사람이 바로 돼지다."

이 모든 금연서들의 문제점은 담배를 끊기 위해 책을 필요로 하는 사람에게 어떠한 도움도 줄 수 없다는 데 있다. 이것은 문학이나 인생의 경우에도 마찬가지다. 인생은 인생이고 책은 책이다. 그리고 당신은 언제나 당신이며, 달리 어쩔 도리가 없다.

이 책들 중 어떤 책 뒷장에 이런 글귀가 적혀 있다. "담배 없이도 살아갈 수 있습니다!" 아, 그렇지 않다, 당신에게는 그렇지 않다. 그따위 말은 잊어버리시라. 다음

연말연시에는 새로운 결심을 하는 일 따위는 하지 마시라. 그것은 숨을 쉬지 않겠다고 결심하는 것이나 마찬가지다. 담배를 피우시라. 당신이 그만두어야 할 것은 담배가 아니라 금연결심이다. 당신이 해야 할 일은 비흡연자들을 생각해서 냄새가 나기 전에 향수를 뿌리는 일뿐이다.

사람들이 담배를 피우기 시작한 이래 담배에 반대하는 책들이 끊임없이 출판되었다. 예수회 신부인 야콥 발데는 이미 오래 전에 흡연자들에 대해 이런 글을 쓴 바 있다. "그들은 이성의 자리에 냄새나는 쾌락의 욕구를 채우고 있다. 이들을 비판하는 것은 부드럽든 신랄하든 우이독경에 불과하다." '담배를 남용하는 자에 대한 경고와 비판'이라는 제목을 단 그의 글은 1658년 뉘른베르크에서 '어리석은 도취'라는 제목으로 발표되었다. 이 선량한 신부는 글을 통해 흡연자들에 대한 비난뿐만 아니라 동정도 함께 피력했다. 아마도 그 역시 오늘날의 금연서 필자들처럼 한때 담배를 피웠다가 개심해서 담배의 악마와 결별했을 것이다. 그에 따르면 흡연자들은 "연기와 악취, 불결함과 더러움, 수치와 해악만 주는 쾌락에 사로잡힌 것을 슬퍼해야 한다. 담배연기는 인간의 냄새를 더럽힌다. 이 악취가 그들의 명예를 손상시키며, 모든 사람이 코를 감싸쥐며 그들을 피하도록 만든다." 이

점에서 발데 신부의 말은 맞다. 흡연자가 지하철 옆자리에 앉으면, 비흡연자는 자리를 피하는 수밖에 없다. 원래는 이렇게 말해야 할 것이다. "어이, 당신 냄새가 고약하네요."

담배는 열을 가하면 연기로 변하는 고체 형태의 독극물이다. 담배 한 개비에는 2리터, 한 갑에는 40리터, 한 보루에는 400리터의 독극물 연기가 들어 있다. 남자흡연자들은 평균적으로 하루 한 갑의 담배를, 여자흡연자들은 그보다 약간 적은 양의 담배를 피운다. 매일 40리터의 독극물, 매년 14,600리터의 독극물을 복용하고 있는 셈이다. 독일의 다른 니코틴중독자들과 함께 당신은 매일 400만 대의 담배로 800만 리터의 연기를 만들어 내고 있다. 그런데도 당신은 정말로 그런 책을 읽는 것이 당신에게 도움이 되리라고 믿는가?

---- ∼

---- ∼

이 기사는 신문에 실리기 전에 이미 음악담당 기자의 방안에서 돌려 읽혀졌다. 복사본의 형태로 신문사 내의 모든 부서에 나돌았으며, 결국 편집국 회의 때마다 토론을 일으키는 불씨가 되었다. 전체 편집회의 말고도 이 기사를 놓고 곳곳에서 난상토론이 벌어지자, 회의실을 통해 본격적인 토론회를 개최하기도 했다. 그러나 여기에서도 아무 결

론이 나지 않아 다시 소그룹 단위로 특별회의를 열어 논쟁을 벌였다. 이것은 권위적인 경영방식에 대한 분노에 찬 논쟁으로 이어졌는데, 노조회의를 통해 간신히 가라 앉힐 수 있었다.

이로부터 흡연자와 비흡연자라는 이분법적 분류로 가름할 수 없는 수많은 진영이 생겨났다. 이 글의 게재여부는 다양한 이해관계에 연루되어, 두 개의 진영이 아니라 세 개 혹은 네 개의 진영이 서로 갈등을 빚었다. 여기에 이 진영들 사이를 오가며 갈등을 조정하려는 소규모 부대들과 다양한 입장의 의용군들이 끼어들기 시작했다. 이들은 한 진영의 입장에 발을 담그지 않고 교묘하게 자신의 주장을 펼쳐나갔다.

음악담당 여기자는 이 글이 '인간에 대한 모욕'이라고 규탄하면서 확대복사본을 만들어 여기에 붉은 줄과 수많은 느낌표를 추가해 벽에 붙여놓았다. 문화부장은 "회사의 분위기를 교란한다"는 이유로 그녀의 행동을 경고했다. 문학담당 기자는 학문적인 입장으로 한발 물러나, 자신은 오로지 텍스트의 미학적 측면에만 관여할 뿐이라고 주장했다. 동성애자인 스포츠부장은 이들을 조정해보려고 애썼다. 롤프는 광고국장인 자신으로서는 편집국 내의 싸움에 관여할 입장이 아니라고 주장했다. 그러나 그가 담배회사의 광고주들이 이 글을 불편하게 여길 것이라고 말하기만 하면 이 글이 신문에 게재되지 못하리라는 것을 모든 직원들은 알고 있었다.

시가를 피우는 괴물로서 다혈질 — 모든 신문쟁이들의 속성이기도 하다 — 중의 다혈질인 편집국장은 문화부장을 불러 이렇게 말했다. "이 신문사에서 직원들에게 경고를 할 수 있는 사람은 바로 나, 단 한 사람이오!" 엄밀히 말하자면 말했다기보다는 포효했다고 하는 것이 맞겠다. 편집국장의 목소리는 편집국 전체를 뒤흔들 만큼 분노에 차 있었다.

그러고 나서 그는 다시 음악담당 기자를 불러내 편집국 전체에 들릴 만큼 큰 소리로 경고했다. 그녀는 백지장처럼 창백한 표정을 하고 밖으로 나와 자세를 가다듬고는 노조위원회로 향했다. 노조위원회가 이 경고에 대해 노동법원에 제소하겠다고 으름장을 놓자 편집국장은 포효하며 이 경고를 철회했다. 그는 다시 문화부장과 음악담당 여기자를 불러 이 글의 게재여부를 조정하면서 이 일을 음악담당 여기자에게 맡기겠노라고 말했다. 그녀가 이 일을 거부하게 만들어 다시 그녀에게 경고를 주려고 했던 것이다.

이 문제는 결국 최고경영진에게까지 올라갔다. 사장은 이 문제에 개입하지 않으려고 했다. 사장은 편집국장을 좌지우지할 수 없고 다만 그를 해고할 수 있을 뿐이다. 회사일이 시끄럽기는 해도 신문 판매부수가 올라가는 한 그럴 이유가 없다는 것이 사장의 입장이었다. 결국 사주가 개입해야 하는 상황에 이르렀다. 그는 연방대통령 같은 자신의 위치와 능력을 잘 의식하고 있었다. 그는 모든 주장에 이해심 있게 귀를 기울였고, 모든 부서를 돌아다니며 직원들을 칭찬하고선, 편집국장을 찾아가 그 방에서 더 이상 포효하는 소리가 들려오지 않을 때까지 그 안에 머물렀다. 편집국장이 조금 가라앉은 소리로 포효하자, 그의 여비서는 이제 그녀의 보스가 주장을 굽히고 있는 것이라고 사람들에게 알려주었다. 사주가 이 글을 직접 손보기로 하고서 사태가 진정국면에 접어들었다. 편집국장은 만족했고, 음악담당 여기자는 안심했으며, 문화부장은 금연서에 대한 비평을 비흡연자에게 맡긴 독창적인 아이디어에 대한 칭찬을 듣고 마음의 평안을 되찾았다. 이렇게 하여 회사가 다시 평안을 되찾게 된 후, 사주가 직접 교정한 글이 신문에 실리게 되었다. 이 교정에서 특별한 점은 원문의 단 한 글자도 고치지 않았다는 것이다. 이 기사에 대한 독자투고가 해일처럼 밀어닥쳤다. 그 글에 달릴 수 있는 모든 종류의 주장이 쏟아져 들어왔다. 신문에 실을 투고를 선정하는 일은 신문사 내의 의견비율을 면밀히 고려하여 이루어졌다. 그럭저럭 신문사 내의 분위기가 다시 좋아지자, 금연장소를 사옥입구까지 확장할 것인가, 만약 그렇게 한다면 이곳에 광고 문안을 작성하거나 개인 우편물을 찾으러온 고객들에게까지 금연령을 적용할 것인가 하는 문제로 다시 토론을 벌였다.

이 싸움의 과정을 나는 크레타에게 낱낱이 이야기해주었다. 그녀는 매우 즐겁게 들어주었다. 특히 편집회의 광경에 지대한 관심을 보였는데, 아마 이것을 피곤한 교사회의와 비교하며 들었던 것 같다. 때로 나는 사건을 다소 변형하거나 수식하여 재미를 살리기도 했고, 실제사건이 그랬던 것처럼 한껏 긴장감을 살려 이야기했다. 이렇게 해서 아내의 기분을 쾌활하고 부드럽게 만든 후, 내 소설을 다시 그녀의 품에 안겨주었다.

장 니코의 세 번째 과업

환절기가 되면 다시 편두통이 찾아오는 통에 니코는 약의 처방량을 늘려야 했다. 그는 가루를 코로 흡입하고 넓게 펼친 잎을 씹었다. 손이 떨리기 시작했다. 그는 펜을 옆으로 치우고, 뒤로 기대 눈을 감았다. 그도 이제 늙었다. 시대는 변했다. 이 약초의 열성적인 팬이었던 카트린 드 메디시스는 이미 15년 전에 세상을 떠났다. 프랑스에서는 부르봉 왕가의 앙리 4세가 권력을 쥐고 있었다. 그는 왕좌에 오르기 위해 가톨릭 신도가 되었고 "파리는 미사의 장소가 되어야 한다"고 말했다고 한다. 스페인은 펠리페 3세가 통치했다. 1580년 이후로 스페인의 왕은 포르투갈의 왕도 겸하고 있었다. 니코는 머리를 흔들며 손을 앞으로 뻗고 가늘게 뜬 눈으로 떨리는 손을 바라보았다. 프랑스와 포르투갈 왕가 사이의 결혼이 성사되었다면 프랑스는 이 이중왕국의 수립을 막을 수 있었을 텐데. 영국에서는 바로 몇 달 전에 공교롭게도 메리 스튜어트의 아들이 왕위에 올랐다. 45년간이나 영국을 통치해왔던 엘리자베스 여왕은 왕위계승자도 남겨놓지 않고 작년에 세상을 떠났다. 그녀는 태어나서부터 죽을 때까지 처녀로 남아 있었다고 전해진다. 하지만 니코는 이와 전혀 다른 이야기를 들었다. 엘리자베스 여왕의 신하였던 월터 롤리 경은 처녀였던 엘리자베스 여왕을 기념하기 위해 아메리카 식민지에 버지니아라는 이름을 붙였다. 여왕과 롤리의 미묘한 관계는 세인들로 하여금 여러 가지 추측을 낳게 했다. 어쩌면 롤리는 여왕과 잠자리를 같이 했을지도 모른다. 하지만 아무도 이것을 입증할 수는 없다. 그러나 그가 용처럼 끊임없이 입과 코에서 연기를 뿜어냈다는 것만은 틀림없는 사실이다. 엘리자베스 사후, 왕위를 이어 받은 제임스 1세는 롤리를 런던탑에 유폐시켰다. 롤리는 탑 안에 갇힌 상태에서도 끊임없이 입과 코에서 연기를 내뿜었다고 한다. 니코의 책상 위에는 밑이 우묵하게 파인 작은 용기에 흡입대가 달려있는 물건이 놓여 있었다. 영국에 다녀온 그의 친구가 선물해준 것으로, 영국에서는 이것을 '엘리자베스 파이프'라

부른다고 했다. 영국인들은 이 파이프에 하얀 꽃을 피우는 식물의 마른 잎을 잘게 잘라 집어넣은 후 불을 붙여 연기를 들이마신다고 했다. 아, 그 무슨 낭비란 말인가! 이 진귀한 잎에 불을 붙이다니! 니코는 제임스 1세가 라틴어로 다음과 같은 글을 썼다는 것도 알지 못했다. "담배를 피우는 것은 눈에 혐오감을 주고, 코에는 불쾌감을 주며, 폐를 상하게 하고, 머리를 둔하게 한다. 담배를 피우는 사람은 지옥에서 갓 나온 사람처럼 혐오스러운 연기에 둘러싸여 있다." 지옥 이야기만 제외한다면 이것이 유럽연합 보건부 장관에게서 나온 말이라고 해도 사람들은 믿을 것이다. 하지만 유럽연합의 보건부 장관은 제임스 1세가 1618년에 롤리 경에게 그랬던 것처럼 사람들의 머리를 자르지는 않을 것이다. 1604년 5월, 떨리는 손을 겨우 가라앉힌 니코는 서재에 앉아 다시 펜을 집어 들었다. 니코는 담배를 둘러싸고 영국에서 벌어졌던 일련의 사건들에 대해 전혀 아는 바가 없었다. 그는 펜촉을 잉크에 담근 후 종이 위에 글을 써내려 갔다. 잉크가 몇 방울 종이 위에 떨어졌다. 그는 깊이 고개를 숙였다. 지난 몇 년간 그의 시력은 현저히 약해졌다. 단어들이 희미해지고, 세상이 희미해지고, 미래가 희미해져 갔다. 피로가 그를 탈진케 했다. 귀에서는 해변에서 나는 소리가 들려왔다. 때로 그는 리스본을, 문서실에서 지도를 훔쳐보던 밤을, 빗장에서 소리가 나던 순간을 떠올렸다. 그가 파리로 돌아왔을 때 그가 훔쳐낸 지식을 요구하는 사람은 아무도 없었다. 대주교도, 카트린 드 메디시스도 전혀 관심을 보이지 않았다. 니코는 파란 리본 장식이 잘 어울리던 그 여인을 생각했다. 그녀의 모습이 생생하게 떠올랐다. 이토록 세세하게 그녀의 모습을 기억할 수 있다는 것이 신기했다. 니코는 그녀와 키스를 나누던 순간, 그녀의 얼굴에 난 작은 점 하나까지 모조리 가슴에 아로새겼다. 그녀가 대사관 정원으로 무섭게 뛰어들어왔을 때 어떻게 해서 싸우게 되었지? 니코에게는 그 부분이 더 이상 기억나지 않았다. 하지만 눈을 감으면 그녀의 발그레한 두 뺨과 뜨거운 눈빛이 떠올랐고, 그녀의 옷깃에서 펄럭이던 파란 리본도 선히 떠올랐다. 아마 그때도 지금과 같은 5월이었을 것이다. 나무에서는 액즙이 흐르고, 하늘에는 태양이 따스하게 빛나고 있었다. 하지만 니코는 추위를 느꼈다. 손가락 끝에는 핏기가 없었고, 다리는 절단되어 없어진 것처럼 느껴졌다. 그는 화를 내며 코로 담배가루를 흡입했다가 기침을 하며 다시 토해냈다. 담배가루들이 종이 위에 떨어졌다. 이 가루들은 텅 비어버린 통의 마지막 모래가루처럼 보였다. 그는 다시 집중해야 했다. 단어들, 그는 아직 많은 단어들을 써야 했다. 그는 펜을 다시 내려놓고 담배가루가 든 주머니에 손을 집어넣었다. 영국인들이 귀하디귀한 이 잎을 불에 태운다고! 니코는 다시 머리를 흔들었다. 그는 담배가루를 흡입하고 목을 긁적거렸다.

그는 더 이상 목깃이 달린 옷을 입지 않았다. 그 대신 목에 수건을 두르고 있었다. 수건이 흘러내리면 종기를 앓았던 흔적이 붉게 드러났다. 수십 년 전부터 니코는 단어들을 모으는 참이었다. 30여 년 전에 니코는 자크 뒤퓌와 함께 에스티엔 프랑스-라틴어 사전을 편찬했다. 그 이후로도 그는 쉬지 않고 단어들을 모아왔다. 단어, 단어, 그리고 또 단어들을. '흡연'이라는 단어는 아직 생겨나지 않았을 무렵이었다. 프랑스어 'fumer'는 그때까지 '훈제'라는 뜻으로만 쓰이고 있었다. 파이프에 귀한 잎을 채워 넣고, 이것에 불을 붙여 연기를 흡입하는 영국인들의 기이한 방식을 표현할 만한 프랑스어는 아직 없었다. 그러나 거의 모든 단어들을 모아왔던 니코는 그에 해당하는 단어를 기록했을 법도 하다. '니코티아네'라는 단어가 그 한 예로서, 이 단어는 우울증에 효험이 있는 약초에 붙여진 이름이었다. 이것은 니코 자신이 직접 작명한 게 아니었다. 1570년, 샤를-에티엔 리보와 장 리보 형제가 그들이 펴낸 농경 교과서를 통해 담배에 '니코티아나'라는 이름을 붙임으로써 이 식물의 최초 발견자에게 경의를 표한 것이다. 그러나 니코의 이름이 궁극적으로 담배와 결합된 것은 18세기 스웨덴의 식물학자 칼 린네의 저서 『자연의 체계』에서였다. 린네도 니코처럼 이 식물의 치유력을 믿었다. 그는 이 식물을 '니코티아나 타바쿰'이라는 이름으로 그의 분류체계에 집어넣었다. 수십 년 후 이 이름은 그 이전에 분석된 그 어떤 것보다 강력한 독성분과 결합되었다. 이 독성분은 뿌리에서 발현해 잎으로 저장되었는데, 40~60mg의 양으로도 인간에게 치명적인 해를 입힐 수 있었다. 1827년 하이델베르크 대학의 화학자 루드비히 포셀트와 의학자 크리스티안 빌헬름 라이만은 니코티아나 성분을 추출하는 일에 착수했다. 이 분석에 필요한 담뱃잎은 바덴 선제후 소유의 경작지에서 얻었다. 이 지역에서는 지금도 담배를 경작하고 있다. 크레타가 피우는 로트 핸들레의 혼합연초 중 일부가 바덴에서 생산되고 있는 것이다. 크레타에게는 이것이 자신과는 아무 상관없는 일이라고 여겼다. "커피한 잔을 즐기기 위해 카페인 성분의 화학기호를 알아야 할 필요는 없잖아?"라는 것이 그녀의 반응이었다. 담배의 경우도 마찬가지라는 것이다. 그러나 나는 담배성분의 화학기호를 자세히 알아 둘 필요가 있다고 생각했다. $C_{10}H_{14}N_2$. 1528년, 하이델베르크 대학의 포셀트와 라이만이 그동안의 연구결과를 라틴어 논문으로 발표하면서 담뱃잎의 독성분은 니코틴이라는 공식명칭을 갖게 되었다. 그 후 15년이 지난 1843년에 벨기에 브뤼셀의 화학자 앙리 프레데릭 멜상은 담배성분의 화학기호를 밝혀냈다. 이렇게 해서 니코가 전파했던 신비의 약초는 해로운 독초로 정정되었다.

젊은 시절, 장 니코 드 빌멩은 포르투갈의 선원들이 바다를 건너 가져온 진기한 물품들을 수집하는 데 공을 들였다. 그러나 노년의 그는 프랑스어라는 거대한 보물창고를 채우고 지키는 일에 열정을 쏟았다. 그는 단어들을 포위한후, 오른팔로 재빠르게 포획하여, 종이 위에 묶어 놓았다.이렇게 하여 그는 18,000개의 항목을 모아 단어와 의미, 의미의 변화, 단어의 어원과 용법 등을 차근차근 정리했다. 문장들은 모두 동일한 공식에 따라 구성되었다. 학술적인 의미에서 최초의 프랑스어 사전편찬은 니코에 의해 시작된 것이다. 그는 이 고된 작업 과정에서, 흰 꽃을 피우는 식물의 비밀스러운 힘 덕분에 기운을 내고, 위안을 얻고, 의식을 일깨울 수 있었다. 이것이 그를 끈덕지고 강인하게 만들어주었다. 그리고 그것은 또한 니코를 죽음에 이르게 했다. 끔찍한 고통이 그의 육체를 꿰뚫었다. 니코는 몸을 움츠린 채, 종이 위에 놓인 펜을 움켜쥐려다가 방바닥에 떨어트렸다. 갑자기 심장이 터질 듯한 속도로 고동치기 시작했다. 땀이 솟아나고, 입에서 침이 흘러나왔다. 눈꺼풀이 그의 안구를 얼음처럼 덮었다. 가슴이 좁아지고 폐가 함몰되는 듯한 느낌이 들었다. 니코는 숨을 헐떡이며, 떨리는 손으로 목에 두른 수건을 잡아챘다. 그는 의자에서 일어서려다 결국 뒤로 넘어지고 말았다.

죽음이 니코의 세 번째 과업을 중단시켰을 때 그의 나이는 74세였다. 니코는 18,000개의 단어를 갈무리해 두었지만, 사전은 아직 미완성이었다. 하지만 그가 손에서 펜을 떨어트린 후 2년이 지난 1606년에 〈고대에서 현대까지의 프랑스어 보고寶庫〉라는 이름으로 그의 사전이 발간되었다. 그 후 니코는 까맣게 잊혀졌다. 그는 담배와 단어에 몰두했던 무명의 외교관일 뿐이었다.

---- ~

금연서로 인해 커다란 분란이 있은 지 얼마 되지 않아 문화부장이 내게 가십담당에서 그의 부서로 자리를 옮기지 않겠느냐고 제안해왔다. 부장은 에너지가 고갈되었고 여기는 문학담당 기자에게 6개월간의 특별휴가를 주었다. 물론 무급휴가였다. 문화부장은 그에게서 이 기간 동안 가능한 한 소설은 적게 읽고 텔레비전은 많이 보겠다는 약속을 받아냈다. 문화부장이 그에게 부과한 유일한 과제는 휴가에서 복귀한 후 텔레비전 시청 경험을 요약해 기사를 쓰라는 것이었다. 문화부장은 문학비평가에게 텔레비전에 대해 글을 쓰게 함으로써, 비흡연자에게 금연서에 대한 서평을 쓰게 했을 때와 같은 성공을 거두고자 했다. 하지만 이런 계산은 맞아떨어지지 않았다. 문학담당 기자는 그가 작성한 기사에 '텔레비전'이라는 딱딱한 제목을 붙였는데, 이 기사는 그야말로 비전이 결여되어, 예의상 편집

회의 석상에서 잠깐 토론에 붙여지기는 했지만 신문에 실리지는 못했다. 문학담당 기자는 이를 오히려 다행스럽게 생각했다. 나는 그가 쓴 '텔레비전'에 대해 문학담당 기자와 단 한 번도 이야기를 나누지 않았다. 하지만 내가 추측하기로 그는 텔레비전 시청이 너무 재미있었다는 사실에 교양인으로서 곤혹스러움을 느끼고 있는 것 같았다. 반년간의 문학담당 경험은 내게 그리 신나는 일이 아니었다. 출판사의 친절한 여직원들과 새로 발간된 책들에 관해 전화로 이야기를 나누고, 서평을 쓰기 위한 증정본을 받아 비평가들에게 돌린 후 이들에게 원고를 독촉하고, 그들이 쓴 글을 교정해 신문에 싣고, 이것을 출판사의 친절한 여직원에게 증거물로 보낸 후, 또다시 증정본을 받는 것이 내가 하는 일의 전부였기 때문이다. 회전목마를 한 바퀴 타본 후 곧 지루해졌다. 가십담당 기자로 돌아가고 싶었다. 가십난을 담당하며 허구와 진실 사이에서 장난을 치는 게 훨씬 더 즐거웠다. 결국 나는 메신저들이 전해오는 기사거리를 담뱃갑 사이에 끼워 넣을 작은 소설로 둔갑시키는 일로 되돌아왔다. 하지만 원래의 부서로 돌아온 후에도 그 사이 스며든 권태를 완전히 떨쳐버릴 수는 없었다. 이때부터 넓은 평원을 걸어가야 하는 노고가 나를 괴롭혔다. 내 앞에 놓인 이 평원은 멀리 지평선까지 뻗어 있었다. 문학비평 쪽으로 소풍을 다녀오기 전부터 이미 나는 매너리

즘 상태였다. 오랜 시간 같은 일을 하게 되면 당연히 그렇게 되는 법이다. 나는 자극적이고 흥미로운 사건들을 기사로 써서 아드레날린 수치를 올려 업무에서 오는 권태감에 저항하려고 했다. 예를 들자면, 노상방뇨를 하다가 들킨 왕족이나 마약을 하다 발각된 축구선수 등에 대한 시니컬한 기사들을 쓰면서 큰 쾌감을 느꼈다. 하지만 내게 재미를 주던 이러한 일들도 얼마 안 가 업무의 권태 속에 녹아들고 말았다. 심지어는 금연령이 내려진 사무실에서 사람들 몰래 피우곤 했던 담배에서조차 일상적이고 권태로운 맛이 났다. ----∼ 나는 우울한 기분에 사로잡힌 채 기자생활에 재미를 느껴 열심히 여기저기 뛰어다니던 처음 몇 해를 생각했다. 그리고 인생의 의미에 대해 묻기 시작했다.

이것은 좋지 않은 징후였다. 처음에는 스스로 해답을 찾아보고자 했지만 아무런 답도 얻을 수 없었다. 결국 나는 크레타에게 고민을 털어놓았다. 크레타는 이렇게 대답했다. "내가 보기에 너는 우아한 방법으로 인생의 위기에 대비하려고 하는 것 같아. 그런데 이제 더 이상 그런 것은 없다고 생각하고 있는 거야." 그녀의 말이 옳았다. 그런데도 나는 심술이 났다. 불만에 가득 차 있는 상태에서 비아냥거리는 소리를 듣고 좋아할 사람이 어디 있겠는가? 그것도 사랑하는 아내에게! 내가 보기에도 나의 우스꽝스러운 불만은 좌절된 위대함이나 위대한 좌절 같은 비극적 위기와는 거리가 멀었다. 크레타는 '인생의 의미' 같은 수상스러운 범주와는 아예 상관하지 않으려고 했다. 과거에 자신이 그랬던 것처럼, 어린 청소년들의 미래를 위해 교육 전선에서 투쟁하며 일에서 그녀는 행복한 스트레스를 만끽하고 있었다. 엄밀히 말해 크레타는 인생의 의미에 대한 내 질문을 입에 시가를 문 프로이트처럼 임상학적인 문제로 여겼다. 프로이트는 "인생의 의미는 현실의 행복이며 행복의 뿌리는 일과 사랑이다"라고 말한 바 있다. "이제 가십은 지겨워. 나는 장편소설을 쓰고 싶어. 제대로 된 소설, 완전하고 완벽한 소설, 완성된 소설을 말이야. 집안 살림도 내가 맡을게." 크레타는 경악했다. "설마, 신문사를 그만두겠다는 말은 아니겠지?"

나는 신문사를 그만두고 살림을 하면서, 장 니코에 대한 소설을 썼다. 크레타와 헤어진 후 나는 역사소설을 쓰겠다는 꿈을 플라스틱 박스에 던져버렸다. 이 박스는 크레타가 자신의 학생들에게 독서인증서를 주기 위해 책을 담아놓았던 박스와 같은 종류의 것이었다. 이 박스는 지금도 내 침대 밑에 놓여 있다. 내 침대 위도 책들로 가득하다. 여러 해 전 필리네와 함께 『제노의 의식』을 읽고 있을 때 그녀의 침대가 그랬던 것처럼. 나는 결국 사랑에서도 일에서도 실패하고 말았다. 인생의 의미에 대해서도 아직 아무런 답을 얻지 못했다. 박스 속에는 여러 가지 색의 펜으로 쓴 소설초안들, 번호를 매긴 자료 카드들, 프린트한 글들이 가득하다. 이 글의 여러 곳에는 알아볼 수 없는 주석과 교정 부호들이 어지러이 적혀 있다. 거친 손길로 단락 전체에 줄을 그어 놓은 곳도 있다. 나의 흔적임에 틀림없다.

크레타는 내가 신문사를 그만두는 걸 반대했지만, 결국 내 결정을 존중해주었다. 나는 살림을 하면서 소설을 썼다. 전에 일하던 신문사에서 자유기고가로 일하면서 약간의 생활비를 벌기도 했다. 작가로서의 새로운 삶이 너무 흡족해서, 처음 몇 주 동안 여러 차례 담배를 끊기도 했다. 심지어 때로는 하루에 세 번이나 담배를 끊은 적도 있었다. 크레타가 하루의 첫 담배를 피우는 아침식사 후에, 혼자서 선 채로 때우는 점심식사 후에, 그리고 저녁때 크레타가 그녀의 마지막 담배를 피운 후 침실로 들어가기 전에.

글의 착상이 떠오르지 않을 때나 휴식을 취하는 시간에 집안일을 하면 된다는 게 내 계획이었다. 이것을 나는 존 어빙 방식이라고 불렀다. 『가아프가 본 세상』으로 명성을 얻기 전의 존 어빙도 남성주부이자 작가로서 이런 식으로 작품을 썼다. 그 외에도 그는 어느 대학에서 학생들에게 격투기를 가르치기도 했다. 실제로 스포츠는 허구와 싸움을 벌이는 작가들에게 큰 도움이 된다. 아마 나는 마라톤 트레이닝을 통해 40Km 거리를 완주하거나 피트니스 클럽에 나가 역기를 들어 올리며 자신을 단련할 수도 있었을 것이다. 하지만 나는 크레타를 팔에 안고 춤 추는 것을 선택했다. 스포츠는 대립적이지만 춤은 상호보완적이다. 기록경기를 하는 운동선수들은 똑같은 행동을 하나씩 차례로, 혹은 나란히 함께 함으로써 승리를 얻으려 한다. 1대 1 격투시합을 하는 운동선수들은 똑같은 행동을 서로에게 가함으로써 승리를 얻으려 한다. 그러나 춤은 스포츠와 달리 서로 다른 행동을 둘이 함께 함으로써 서로를 행복하게 한다. 아! 눈과 눈을 마주보며 하는 이 동작은 마치 사랑과 같다. 우리가 저 멋진 「푸만도 에스페로」에 맞춰 탱고를 출 때면 크레타의 눈동자 속에 들어 있는 호박 빛깔의 작은 점은 신비로운 어둠에 휩싸였다. 우리는 우리 둘 외의 모든 것을 잊어버렸다. 우리는 바로 춤, 그 자체였다. 사랑에 빠진 여인이 담배를 피우며 연인을 기다리다가 노래를 부른다. "내 심장이 뛰는 한, 담배연기는 나의 천국. 그대 입속의 연기를 내게 뿜어줘요. 미치도록 행복해요. 이리로 와요. 미칠 듯한 기쁨을 함께 나눠요. 사랑의 불꽃을 태우는 이 매혹적인 연기의 따스함을 느껴봐요." 크레타는 담배냄새가 나는 섹스를 견딜 수 없어 했다. 그녀는 매일 저녁 마지막 담배를 피운 후에 욕실로 가서 전동칫솔로 이를 닦았다. 정확히 2분 30초 동안. 그녀는 내게도 같은 노력을 요구했다. 하지만 탱고는 탱고일 수밖에 없다. 눈과 눈, 스텝과 스텝이 사랑의 불꽃을 피워 올린다. 「푸만도 에스페로」가 끝나면 우리는 줄에 묶여 끌어당겨진 것처럼 무도장을 뛰어나와 택시를 잡아타고 우리의 침실로 내달았다. 그 도중에 우리는 차의 뒷좌석에서 사랑에 빠진 10대 청소년들이 영화관에서 그러는 것처럼 서로에게 미친 듯이 키스를 퍼부었다.

우리가 함께했던 가장 멋진 춤은 결혼한 날 춘 춤이었다. 거실 바닥에 펼쳐져 있던 안네의 하늘 위에서 크레타와 함께 췄던 왈츠를 나는 영원히 잊지 못할 것이다. 그것은 관객이 없는 춤이었다. 은빛 별이 반짝이는 밤하늘 위에서 우리는 춤을 추며 키스를 나누었다.

---- ~

나는 내 소설과 싸우지 않고 춤추게 되기를 바랐다. 어느 날 내가 나의 **친애하는 여성독자** 및 **경애하는 남성독자**들과 더불어 다음 번 담배에 대한 욕구와 싸우지 않고, 즐거운 마음으로 춤을 추며 담배로부터 떠날 수 있게 되기를 바라듯이.

나의 존 어빙 방식은 처음 얼마 동안은 잘 이루어지는 듯했다. 메모한 글의 양이 늘어나고, 냉장고는 항상 가득 차 있었으며, 매일 저녁 따뜻한 식사가 식탁 위에 올려졌다. 크레타도 이 생활을 즐겼다. 우리는 춤을 추러 가지 않으면, 저녁 식사 후에 함께 소파에 누워 와인을 마셨다. 크레타는 학교에서 일어난 새로운 사건들에 대해 이야기했다. 그러다가 간절한 내 눈길에 마음을 누그러뜨리고 담배에 불을 붙인 후 계속해서 줄어드는 하루분의 『니코』를 읽어 내려갔다. 그러노라면 어느새 그녀의 발가락이 내 가랑이 사이에서 부드러운 신호를 보내왔다.

하지만 시작의 마법은 점차 효력을 잃고, 이와 더불어 작가로서의 열정도 점차 식어갔다. 텍스트를 엮어내는 물레가 멈춰버리는 위기의 순간들이 점점 더 잦아졌고, 길게 이어졌다. 담배를 피우는 시간 또한 점점 더 잦아지고 길어졌다. 볼펜뷔텔의 하숙집 여주인이 레싱에게 퍼부었다는 욕설이 떠올랐다. "어이, 가진 것 없고, 하는 일 없고, 생각 없고, 하루 종일 처먹는 것만 많은 양반아!" 다행스럽게도 내 주변에 그런 하숙집 여주인 같은 인물은 없었다. 하지만 나 자신이 바로 하숙집 여주인이었다. 나는 앞치마를 두르고 고무장갑을 끼고 집 안을 청소했다. 아무런 착상이 떠오르지 않으면, 청소할 것이 없는가만 생각했다. 나는 일주일에 두 번 욕조를 닦았고, 코볼트 진공청소기를 처음 장만한 50년대의 주부처럼 오랫동안 양탄자의 먼지를 빨아들였다. 할머니에게서 배운 대로 찌든 때는 신문지를 뭉쳐 닦고, 가벼운 얼룩은 창문걸레로 닦아냈다. 일을 끝낸 후에는 유리잔에 미미한 손자국조차 남아 있지 않았다. 거실 바닥은 왁스를 칠해 윤이 날 때까지 닦았다. 거꾸로 뒤집어진 오른쪽 고무장갑을 왼 손에 쥐고, 선 채로 담배에 불을 붙일 때면 성냥 불빛이 바닥에 비칠 정도였다. **흡연기호가 나올 때만 담배를 피우시기 바랍니다.** 나는 방문들을 깨끗이 닦고, 부엌 찬장을 구석구석 닦은 후 처음부터 다시 닦는 일을 반복했다. 문의 모서리 부분을 닦지 않았다는 사실을 깜박했다가, 뒤늦게 닦기도 했다. 구석자리에서 냉장고를 끌어내 닦아내기도 했다. 남성주부라면 결코 손을 대지 않는 곳이지만, 할 일 없는 작가가 위기에 처했을 때는 그곳도 깨끗하게 닦는 것이 도리라고 생각했다. 나는 냉장고의 모든 면을 샅샅이 닦아냈다. 냉장고 뒤의 금속판도 빼놓지 않고 닦았다. 냉장고를 원래 자리에 다시 밀어넣고 나면, 나는 오늘 하루 내가 한 일에 뿌듯함을 느꼈다. 그러고 난 후 나는 무언가 더 닦을 것이 없을까 하고 곰곰이 생각했다. 그러다 문득, 내 손이 키보드 위에서보다 고무장갑 속에서 더 많은 일을 하고 있다는 사실을 깨닫게 되었다. 그 무렵 나는 파울라를 알게 되었다.

흡연을 끝내다

어떻게 이야기를 시작해야 할지 모르겠다. 지금까지 내가 피운 모든 담배가 내게 힘을 주기를! 이 담배들은 모두 지금 내가 손에 들고 있는 담배와 똑같았다. ----～

'가엾은 코시니'는 담배연기로 자욱한 그의 고백을 이렇게 시작했다. 아마 코시니는 한 손에는 담배를 들고, 다른 한 손에는 만년필을 들고 있었을 것이다. 나 또한 어떻게 이야기를 시작해야 할지 모르겠다. 나는 지금 담배연기 자욱한 비스트로(작은 카페나 레스토랑을 뜻함–옮긴이)의 대리석 탁자 위에 노트북을 펼치고 앉아 있다. 노트북 옆에는 마지막 담배 한 개비가 담뱃갑 밖으로 외로이 고개를 내밀고 있다. 담배회사는 담배 앞면의 경고문 위에 친절하게도 작은 광고를 붙여놓았다. 광고에 그려진 타원형 메달 안에는 중년 남자의 초상화가 그려져 있다. 뾰족 수염을 기르고, 목깃이 달린 옷을 입고, 치켜뜬 눈썹 위 이마에 깊은 주름이 세겨진 모습이다. 메달 둘레에는 이런 글씨가 적혀 있었다. "Bistro Jean Nicot: Savoir vivre, savoir fumer(비스트로 장 니코: 인생을 알려면 흡연을 알아야 한다)." 이 비스트로는 파리 1구역에 있는 상 오노레 가에 있다. 루브르 박물관에서 그리 멀지 않은 곳이다. **친애하는 여성독자**들과 **경애하는 남성독자**들께서도 내 곁으로 와서 카페 크레메 한 잔을 나누시지 않겠는가? 아니면 내 마지막 담배를 나눠 피우시는 것은 어떨까? **흡연기호가 나올 때만 담배를 피우시기 바랍니다.**

나는 조심스럽게 담배 앞면의 광고를 떼어낸 후 검은 테두리 안에 적힌 경고문을 읽었다. "Fumer tue." — 담배는 당신을 죽게 합니다. 그래도 나는 담뱃갑에서 마지막 담배를 꺼내 불을 붙인다. ----~ 담배에서는 매우 독특한 맛, 두려운 최후의 맛이 났다. 나는 자제심을 발휘하여 반만 피운 담배를 비벼 껐다. 그리고는 자판에 손을 얹고 키클롭스의 눈(그리스 신화에 나오는 외눈박이 거인. 여기에서는 노트북 화면을 뜻함-옮긴이)을 들여다보았다.

나는 파울라에게 모든 것을 털어놓았다. 장 니코에 대한 소설을 완성하기 위한 최후의 시도로 파리로 여행을 떠나오기 직전 파울라가 내게 전화를 걸어 궁극적이고 결정적인 것을 성취했노라고 말했다. 법률회사에서 이사로 승진했다는 것이다. 그녀 이전에 여자로서 이사 자리에 오른 사람은 단 한 명뿐이라고 했다. "유감스럽게도 내가 최초는 아니야." 파울라는 웃으면서 또다시 내 귀에 담배연기를 불어넣었다. 하지만 이번에는 발코니의 형사 콜롬보 곁에서 가정법원의 이혼담당 여자판사가 네 마음에 드느냐고 물어볼 때처럼 내 귀에 직접 연기를 뿜은 것이 아니라, 전화기를 통해서였다. "잠깐만. 너를 기절시켜야겠어." 그녀가 말했다. 바스락 소리가 나더니 라디오 방송의 추리극에서처럼 금속성의 라이터가 열렸다가 닫히는 소리가 들려왔다. 그녀가 연이어 담배를 피우는 것을 파울이 좋아하고 있을 게 분명했다. "이제 됐어"라고 말하며 그녀는 힘차게 담배연기를 내뿜었다. "그 여자이사도 아주 똑똑해. 우리는 사내들의 천국인 이사회를 뜨겁게 달궈놓을 거야. 그들은 우리 두 사람을 경쟁하게 해서 중성화시키려 하겠지. 어디 한번 해보라지. 우리는 절대로 그렇게 되지 않을 거야. 우리는 그들을 손아귀에 쥔 채 전술적으로 유리한 기회만 생기면 이사진에 세 번째 네 번째 여자이사를 끌어들일 거야." 그녀는 축하파티를 겸해 저녁식사를 함께 하자고 제안했다가, 내가 며칠간 파리에 다녀올 거라고 말하자 몹시 실망했다. "도대체 파리에서 뭘 하려고?" 이렇게 질문할 수 있는 사람은 파울라 뿐일 것이다. 파리에서 뭘 할거냐고? "파리에 가 있는 거지. 그게 내가 파리에서 하려는 일이야."『장 니코의 세 가지 과업』을 다시 손대기 시작해서 몇 가지 조사할 것이 있다는 이야기는 하지 않았다. 그녀는 나를 일종의 실패자로 여기고 있었다. 내 생각에는 바로 그 점이 그녀가 나를 특별히 좋아하는 이유로 보였다. 법률회사의 '사내놈들'과 달리 나는 경계해야 할 필요가 없는 사람이다. 물고기에는 상어들도 있고 금붕어도 있는 법이니까. 세 라 비(C'est la vie) — 인생이란 그런 것이다. 그 역사소설에 다시 손을 대기로 했다는 이야기는 소설이 완성된 후에나 꺼낼 참이었다. 하지만 현재로서는 그럴 전망이 거의 없어 보인다. 그렇지 않다면 지금 나는 파울라에 대해서가 아니라, 니코에 대해서 쓰고 있을 것이다.

그녀와 내가 서로를 알게 된 것은 — 나로서는 이렇게 에둘러 표현할 수밖에 없다 — 그리 독특한 방식이 아니었다. "혹시 불 있으세요?" 은행 로비의 통장정리기 앞에 함께 줄 서 있던 그녀가 내게 이렇게 물어왔다. 작가이자 남성주부로서 전에 근무하던 신문사에 글을 기고하여 약간의 돈을 벌고 있던 내게는 정리할 통장 분량이 그리 많지 않았다. 그래도 나는 대체로 은행이 '허용한도 대출금액'이라고 부르는 선을 넘지 않고 마이너스통장을 유지하고 있었다. 은행에서 사용하는 그러한 표현은 그들이 언제라도 그 허용한도를 거두어들일 수 있다는 사실을 말해준다. 내겐 불이 없었다. 이것이 내 약점 중 하나다. 외출할 때마다 깜박하는 경우가 많다. 대신에 집에는 온갖 종류의 라이터와 성냥이 그득 쌓여 있다. "미안하지만 불이 없군요. 게다가 어차피 이곳에서는 담배를 피우지 못하는데요." 내가 말했다. 파울라가 너그러운 미소를 지으며 말했다. "나도 그럴 생각은 없는데요." 이 순간 파울은 몹시 화가 났을 것이다. 잠시 후 나는 그녀의 말뜻을 알아채고 은행의 허용한도를 시험해본 후, 파울라에게 카푸치노를 한 잔 사겠다고 말했다. 카페에서 그녀의 휘발유라이터와 담배케이스를 처음으로 보았다. 이것들을 가지고 하는 그녀의 제의적 관습에 대해서도 알게 되었다. 그녀는 내게 담배케이스를 내밀었다. 나는 케이스에서 시가를 골라 들었다. 담배를 피우는 동안 그녀는 내게 파울에 대해 소개하고, 내가 시가를 골랐기 때문에 그가 무척 놀랐다고 말했다. 우리는 함께 파울의 이야기를 하며 웃음을 터뜨렸다. 다행히도 나는 카르멘과 안네에게 그랬던 것처럼 내 지적 능력이 — 그것이 어떤 것이든 간에 — 우월한 듯한 태도를 취하는 실수를 저지르지 않았다. 바로 그날 오후 나는 그녀의 집으로 함께 갔다. 원래 이것은 내 방식이 아니다. 평소의 나는 굉장히 낯을 가리는 편이다.

우리는 일주일에 한 번 정도 만났다. 지금도 그렇지만 파울라는 당시에도 늘 일거리가 많았다. 그날 오후 첫 만남에서 나는 내가 기혼이라는 사실을 밝혔다. 그녀도 그전에 이미 내 결혼반지를 보았으니까 그것을 알았겠지만.

172

그 후 내가 기혼이라는 것에 대해 다시 이야기를 꺼낸 것은 그녀와의 관계를 끝낼 때였다. 나는 무거운 마음으로 사실 그대로를 털어놓았다. "내 아내가 둘 중 하나를 선택하래." 파울라는 아무 대답도 하지 않았다. 그녀는 그저 나를 문으로 데려갔다. 다행히도 나는 남자들이 시도하는 모든 질문들 중에서 두 번째로 멍청한 질문을 하지 않을 정도의 영리함은 아직 유지하고 있었다. "그냥 친구로 남으면 안 될까?"라는 질문 말이다. 그녀를 다시 만나기까지는 어느 정도 시간이 걸렸다. 연인으로서 헤어진 후에는 한 번도 그녀의 집에 발을 들여놓지 않았다.

그날 오후 그녀의 집을 처음 방문했을 때, 나는 이 독특한 여자가 독신이라는 사실을 즉시 알아챘다. 욕실의 유리잔에는 두 번째 칫솔이 꽂혀 있지 않았고, 현관에서도 남자신발을 찾아볼 수 없었다. 파울라는 의자 등받이에 걸쳐 있는 값비싼 넥타이를 바라보며 '도마뱀꼬리' 같은 것이라고 경멸 섞인 어조로 말했다. 그 후에도 자주 그랬듯이 나는 그녀의 말을 이해하지 못하고 멍한 표정으로 그녀를 바라보았다. 파울라가 내게 설명했다. "도마뱀은 붙잡힐 것 같으면 꼬리를 잘라버리고 도망가." 이 말을 듣고 나도 거의 도망칠 뻔했다. 먹이가 되고 싶지 않았기 때문이다. 그러나 결국 그렇게 되고 말았다.

크레타와 나는 언제나 같은 눈높이에서 동등하게 사랑

했고 함께 행복했다. 남자와 여자로서. 우리는 하나의 완전한 원을 만들어내는 두 개의 반원과도 같았으며, 플라톤의 『향연』에서 아리스토파네스가 이야기한 동그란 인간의 각기 반쪽이었다. 이 이야기에 따르면 동그란 인간은 여성과 여성, 남성과 남성, 남성과 여성의 결합이라는 세 가지 유형이 있었다. 이들 모두는 그 자체로서 완벽하다. 이 동그란 인간들은 순수한 행복에 겨워 신들에게 대항하기 시작했다. 그러나 반란은 곧 진압되었고, 동그란 인간은 벌을 받게 된다. 이때부터 동그란 인간은 두 쪽으로 갈라져 절망 속에서 고독하게 살게 되었다. 신들은 이들을 불쌍히 여겨 인간에게 사랑을 선물했다. 그 후로 인간들은 서로를 껴안음으로써 원래의 완전한 상태로 되돌아갈 수 있게 되었다. 이 때문에 남성과 여성, 남성과 남성, 여성과 여성 사이에 세 가지 유형의 사랑이 존재한다는 것이다.

춤출 때나 사랑할 때 크레타와 나는 남성과 여성이 결합된 유형의 동그란 인간과도 같았다. 하지만 완전하지는 못했다. 그것은 최상의 결혼에서도 피해갈 수 없는 사소한 다툼이 있는 것처럼, 동그란 인간인 우리에게도 때때로 싸움을 벌이거나 사소한 일로 삐치는 일이 있었기 때문이다. 하지만 평화로울 때는 반쪽이 다른 반쪽을 완전히 보완하는 놀라운 행복을 경험했다.

하지만 파울라의 경우에는 모든 것이 완전히 달랐다. 그녀에게서 나는 복종의 달콤함을 배웠다. 숭배자가 수치심을 느끼지 않고 숭배할 수 있다는 것도 그녀를 통해 알게 되었다. 그녀는 현기증이 날 만큼 빠른 속도로, 그것도 최고의 평점으로 대학공부를 마쳤다. 나는 달팽이 같은 속도로, 그것도 카르멘의 독려를 받고 간신히 대학공부를 마쳤다. 그녀는 사법고시와 사법연수를 최고의 성적으로 통과했다. 나는 평범한 견습기자 생활을 거쳤을 뿐인데. 그녀는 국제적인 법률회사의 신세대 스타였다. 나는 가십담당 기자였다가, 청소에 심혈을 기울이는 남성주부이자 불성실한 작가로 연명하고 있는 처지였다. 그녀는 사회적으로 중요한 위치에 오르기 위해 노력해왔고, 이제 법률회사의 이사가 되어 그 꿈을 거의 이룬 상태였다. 나는 소설을 쓰기 위해 노력해왔지만, 니코가 이제 파리에서 좌초하여 새로운 꿈을 찾아보아야 할 상황이었다.

나는 그녀에게 경탄을 금치 못했고, 지금도 여전히 경탄하고 있다. 그녀는 항상 저 위에 있었다. 단 하나의 예외는 파울이었다. 이처럼 강력한 의지와 공명심을 지닌 인간이 어떻게 하여 담배에 완전히 예속되고, 이로 인한 수치심을 자기냉소적인 의인화를 통해 견뎌내려 하기에 이른 것일까? 그녀의 어리석음, 그녀의 영원한 게걸스러움이 무대 위에 오른 채 웃음거리가 되고 있는 셈이다. 어쩌면 바로 그 의인화, 크레타식으로 말해 그 코미디 같은 파울 짓거리야말로 파울라의 진정한 문제가 아닐까? 고도로 지적인 파울라에게 파울의 바보 같은 일면이 있는 것이 아니라, 그녀가 바로 파울이 아닐까? 내면의 개자식에 대한 크레타의 지적이 옳은 게 아닐까? 하지만 나는 파울라 앞에서 정신분석가 행세를 할 마음은 없다. 적어도 내 스스로가 담배를 끊기 전까지는. 게다가 나는 이미 한 번 그것을 시도해 보았다. 담배를 끊으려는 시도가 아니라 — 그런 시도는 숱하게 해봤으니까 — 파울라와 파울 사이의 갈등을 조정해보려는 시도였다. 하지만 결과는 별로 좋지 못했다. 언젠가 우리가 점심을 함께 했을 때 — 그녀는 급한 사업상의 오찬을 핑계로 회사를 빠져나왔다 — 그녀는 식사를 마치고 나서 담배에 대한 자신의 욕구를 조소적으로 풍자했다. 그날 오전 내내 담배케이스의 양쪽에 있는 담배를 죄다 피워버렸다는 것이다. 그러면서 그녀는 사무실로 돌아가는 길에 시가를 파는 담배전문점에 들리려면, 가능한 한 빨리 음식값을 계산하고 나가야 한다고 했다. "아니면 차라리 담배케이스에 *다비도프 시가*를 채워 넣는 일을 그만둬버릴까?" 여종업원이 계산서를 가지고 오는 것을 기다리는 동안 파울라는 파울과의 사이에서 벌어지는 말다툼을 여과없이 보여주었다.

　— 사람이 하는 모든 일은 상당 부분 이미 행한 일에 의해 규정되는 법이야. 따라서 하고 싶지 않은 일은 하지 않

아도 되니까, 결국 해서는 안 되는 거야.

— 빌어먹을, 나는 담배를 피우고 싶어 죽겠어. 식사 후에 곧장 내게서 떠난다는 것은 멍청한 짓이야.

— 물론 내 통찰이 도움이 되지는 않겠지. 담배가 몸에 나쁘다는 것은 잘 알고 있어. 하지만 그것을 안다고 해도 결과는 다를 수 있어. 인식과 행동은 별개의 문제야.

— 브라보, 훌륭한 통찰이야. 하지만 더 생각하기 전에 일단 배터리부터 충전시키자구. 직장일은 스트레스의 연속이야. 사무실에서 복잡한 계약서를 검토하면서 담배 때문에 신경을 쓰고 싶지는 않아. 일단 담배를 한 대 충전하고, 나중에 시간이 나면 이 문제에 대해 근본적으로 곰곰이 생각해보자고.

"봤지." 그녀가 둘째손가락으로 빈 담배케이스를 톡톡 두드리며 말했다. "항상 이런 식이야. 내가 스트레스를 받으면, 언제나 파울이 이긴다니까. 유혹이 통제력을 이기는 거야."

"틀렸어." 내가 참지 못하고 말했다. "이 시스템의 오류는 유혹 자체가 아니라 유혹을 통제하려는 유혹이야."

그녀는 마치 총에 맞은 듯한 반응을 보였다.

"네 말은 그럼 내가 파울을 따라야 한다는 거야? 그렇게 말하고 싶은 것 같은데."

그렇지 않았다. 나는 그런 뜻으로 말한 것이 아니었다.

하지만 입을 닫았다. 그녀는 마음에 심각한 상처를 입은 것 같았다. 그녀는 나의 말을 '아무짝에도 쓸모없고 규율이라고는 전혀 모르는 파울이 바로 너'라고 알아들은 듯했다. 나는 입술까지 창백해져서 마음속으로 맹세했다. 다시는 그녀와 파울의 싸움에 끼어들어 충고하지 않으리라. 그녀는 놀라서 내 얼굴을 쳐다보았다. 그녀의 표정도 창백해져 있었다. "내 말은 그런 뜻이 아니야. 정말 그런 뜻이 아니었어. 내 말을 믿어줘." 나는 화해의 미소를 지어 보였다. 하지만 그녀는 내 말을 믿지 않았다.

　나는 내가 한 맹세를 지켰다. 그 뒤로 나는 그녀가 파울과의 장난질을 계속하도록 내버려두었고, 또 그것을 즐겼다. 하지만 더 이상 거기에 개입하지는 않았다. 그럼에도 불구하고 그녀에 대한 나의 관심은 계속 커졌다. 나는 그녀가 주도하는 만남에서 벗어날 수가 없었다. 힘든 일이 생기면, 나는 느려졌지만 파울라는 더 빨라졌다. 목표가 그녀의 손이 닿는 곳에서 살짝 벗어나 있다고 느낄 때, 그녀는 최상의 힘과 매력을 발휘해 생각했던 바를 이루고자 했다. 내 생각에는 우리가 연애를 하고 있을 때도 그랬던 것 같다. 내가 자유로운 몸이었다면, 우리는 아마도 결혼했을 것이다. 하지만 내가 크레타와 결혼하지 않았더라면 그녀는 내게 매력을 느꼈을 것 같지 않다. 그녀는 자신의 독신생활을 사회생활에 대한 욕구와 도마뱀이론으로 설명했다. 남자들은 강한 여자를 견디지 못하며, 강한 남자일수록 더욱 그렇다는 것이다. 진지한 사이가 되어 동거를 하게 되고 결혼 이야기까지 나오게 되면 그들은 도마뱀이 되어버린다고 했다. 이것이 파울라의 경험론이었다. 이미 결혼한 나 역시 그녀의 손이 닿는 곳에서 살짝 벗어나 있는 존재였다. 한때 파울라를 사랑했고, 여전히 사랑에 가까운 감정을 느끼고 있지만, 크레타가 내게 선택을 요구했을 때 그녀를 떠났기 때문이다. 아마도 나는 파울라를 통해, 내 자신이 실패자가 아니라는 사실을 증명하고 싶었던 것 같다.

그런 여자의 관심을 끌고 유지할 수 있는 남자라면 뛰어난 점이 없지는 않을 테니까. 하지만 이것은 내 생각일 뿐이다. 크레타가 나를 파울과 비교한 것이 내게 그토록 심한 상처를 주었던 것은 그녀가 내 생각을 흔들리게 했기 때문인지도 몰랐다. 크레타를 잃어버린 지금 그 모든 것은 더 이상 중요하지 않다.

내가 크레타에게 파울라에 대해 고백했던 날 저녁, 그녀는 처음으로 세 대가 넘는 담배를 피웠다. 파울라와의 사이에 있었던 일을 그녀에게 설명하려 하자, 그녀는 줄담배를 몹시 싫어함에도 불구하고, 다 태운 담배로 새 담배에 불을 붙여가며 연달아 담배를 피웠다. 그녀에게 솔직하지 못한 것을 더 이상 견딜 수가 없어 모든 것을 털어놓기 전에 그녀는 내게 학교에서의 금연캠페인에 대해 이야기하던 중이었다. 언제나처럼 이번에도 역사 선생이 반대했다. 나쁜 재료로 좋은 것을 만들어낼 수 없다는 게 그의 지론이었다. 나쁜 재료란 사회적 문제 지역의 변두리 학교에 다니는 학생들을 가리켜 한 말이었다. 하지만 일전의 양탄자 사건 때처럼 크레타는 이번에도 교장에게 자신의 뜻을 관철시켰다. 이 학교는 초지역적인 캠페인 'Be smart — don't start'(현명하게 살려면 시작을 말자!)에 동참하기로 했다. 크레타는 커다란 환상을 품지는 않았다. 하지만 운동장 구석이나 화장실에서 숨바꼭질을 하는 보통의 싸움보다는 더 지속적으로 영향을 미치는 운동을 해보겠다고 결심했다. 노란 양탄자나 독서인증서 때처럼 이번에도 크레타가 끈질긴 힘을 발휘하여 작은 성공을 이루어냈는지는 아직 듣지 못했다. 고백 사건 이후 우리는 학교일에 대해 거의 이야기를 하지 않았다. 우리 문제에만 매달렸다.

나는 크레타에게 그동안 일어났던 모든 일을 이야기했다. 애초부터 크레타는 신문사를 사직하고 남성주부가 되겠다는 내 결정이 잘못된 판단이라고 생각했다. 그리고 그것을 다시 상기시켜주었다. 그녀는 나를 가차 없이 비판했지만 나는 이것을 나쁘게 받아들이지 않았다. 그녀는 제대로 된 작가라면 낮 동안 생활비를 벌고도 장 니코에 대한 소설을 쓸 수 있을 것이라고 냉정하게 말했다. 파울라와의 탈선은 증상일 뿐이고 진짜 문제가 아니라는 것이었다. 어리석게도 나는 "그럼 진짜 문제가 뭐지?"라고 물었다.

이 질문을 하지 않았다면 아마도 그녀는 이 문제에 대해 솔직히 말하지 않고 애매하게 남겨두었을 것이다. 자신이 받은 상처에도 불구하고 내게 상처를 주지 않기 위해.

"문제는 네가 진짜 너 자신인 신문기자이기를 원하지 않고, 진짜 너 자신이 아닌……"

"작가가 되려 한다는 거지." 내가 도전적으로 그녀의 말에 끼어들었다. 그녀가 고개를 끄덕였다.

나는 심한 타격을 받았다. 그녀가 소파에 누워 "좋아, 아주 좋아, 마음에 들어"라고 평했던 것은 '우'나 '미'가 아니라 '양'이나 '가'였던 것이다.

크레타는 작가의 위기에 대한 문제 분석에서 파울라의 증상으로 이야기를 돌렸다. 그녀는 담뱃갑에서 두 번째 담배를 꺼냈다. 하지만 담배에 불을 붙이지 않고 그것을 똑같은 크기로 두 동강냈다. 전혀 화가 나지 않은 듯한 냉정한 모습으로. 중세시대의 재판관은 피고에게 부러진 막대기를 내던져 유죄를 선언했다. 하지만 그녀는 이 동강낸 담배를 내게 던지지 않고, 소파 탁자 위에 나란히 올려놓으며 그녀와 파울라 사이에서 한 사람을 선택하기 전까지는 결코 담배를 피우지 않겠다고 말했다. 그리고 자리에서 일어나 침실로 들어갔다. 나는 그녀에게 잠시 시간을 준 후, 침실로 따라 들어갔다. 그녀의 우는 소리가 들렸다. 눈에는 눈물이 가득 고여 있었다. 침대에 함께 누워 그녀는 평소처럼 활달하게 말했다. 하지만 여전히 목이 멘 소리였다. 3x3의 로트 핸들레를 포기하는 것은 너무 힘든 일이니 가능한 한 빨리 결정을 내려달라고 했다. 우리는 함께 웃음을 터뜨리며 서로를 껴안았다. 이날 밤 우리는 엄청나게 불행한 동그란 인간이었다.

무거운 마음으로 파울라와의 관계를 끝내기까지 4주가 걸렸다. 크레타를 향한 사랑의 표시로 이 기간 동안은 나도 담배를 피우지 않았다. 크레타는 다시 하루 세 번의 삼부작 흡연을 시작했다. 나도 다시 담배를 피우기 시작했다. 파울라는 그 후 얼마 동안은 나를 보지 않으려고 했다. 내가 경탄해 마지않는 여자친구인 파울라를 그토록 그리워하지 않았다면, 크레타와의 결혼생활이 훨씬 쉽게 회복되었을 것이다. 아마 파울라도 이것을 눈치 채고 그런 방식으로 내게 복수를 한 듯했다. 다시 가까워진 이후 우리는 이 일에 대해 두 번 다시 이야기를 꺼내지 않았다.

크레타와 나는 예전의 생활로 되돌아갔지만, 예전처럼 친밀함을 느끼지는 못했다. 저녁이면 우리는 늘 그랬듯 오랫동안 소파에 앉아있었다. 하지만 크레타는 더 이상 학교 이야기를 하지 않았다. 때때로 역사 선생을 욕하는 것이 고작이었다. 기이하게도 나는 니코에 관한 소설을 전보다 자주 쓸 수 있었지만, 이제 더 이상 그녀의 품에 원고를 안겨주지 않았다. 그녀가 글의 진척에 대해 물어올 때도 대답을 피했다. 크레타는 내가 입은 상처에서 화살을 뽑아주려고 했다. 이런 노력은 내 마음을 뭉클하게 했지만 확신을 주지는 못했다. 크레타도 결국 노력을 포기했다.

결혼을 진지하게 여기는 사람은 제도와 관습에 대해 긍정적인 입장을 취한다. 이것은 둘 사이의 관계가 위태로워졌을 때 결혼생활을 유지하는 데 도움을 준다. 적어도 부부 사이가 멀어져가는 속도를 완화시켜주는 것은 분명하다. 크레타와 나는 비록 교회에서 결혼식을 올리지는 않았지만 결혼을 진지한 것으로 여기고 있었다. 우리가 저지른 가장 커다란 실수는 너무 일찍 서로에게 유연한 입장을 취한 것이었다. 우리는 깊은 우정과 신뢰를 바탕으로 별거를 시험해보기로 합의했다. 이런 우회로를 거쳐 다시 원래의 생활로 되돌아갈 수 있으리라 생각했다. 별거가 이혼을 의미한다는 것을 분명하게 알았더라면, 우리는 이혼을 할 것인가 아니면 함께 살 것인가를 분명하게 선택했을 것이다. 하지만 우리는 이런 선택을 회피하고 선택이 스스로 우리를 찾아오게 만들었다. 우리는 순식간에 서로에게서 멀어져갔고, 가장 멀리 떨어진 지점에 이르렀을 때 결국 이혼했다. 크레타가 영화 「스모킹/노스모킹」에 대해 이야기하며 작별의 키스를 한 이후로 나는 그녀를 만나지 못했다.

그녀가 그립다.

자판 아래쪽의 경고 표시가 깜빡였다. 노트북 배터리에 충전된 전기가 다 된 것이다. 나 역시 그런 상태라는 생각이 들었다. 나는 화면이 꺼지기 전에 노트북을 닫고 가방 안에 집어넣었다. 그러자 파리로 여행을 떠나오기 직전에 지퍼가 달린 주머니 안에 넣어두었던 담뱃갑이 생각났다. 담뱃갑에는 단 한 대의 담배가 들어 있었다. 웨이터가 내게 갖다 준 성냥갑 안에도 정확히 한 개비의 성냥개비가 남아 있었다. 글을 쓰는 동안 심심풀이 삼아 여러 개의 성냥개비를 부러뜨렸는데도, 토막난 성냥개비들의 한가운데에 마지막 한 개비가 오롯이 남아 있었던 것이다. 그것은 마치 느낌표처럼 보였다! 내 인생의 마지막 담배를 위한 마지막 성냥개비! 나는 담배를 입에 물고 성냥을 그었다. 붉은 유황 부분이 칙 소리를 내더니, 픽하고 꺼져버리면서 독한 유황 냄새만 피워 올렸다. 이런 제기랄! 나는 연기에 그을린 성냥개비를 재떨이에 버렸다. 한 시간 반 전에 웨이터에게 성냥을 가져오게 했다. 원래부터 성냥이 가득 차 있지는 않았지만 벌써 다 써버린 것이 곤혹스러웠다. 부러진 성냥과 꽁초로 가득 찬 재떨이를 새 것으로 바꿔주던 웨이터의 눈길을 잊을 수가 없다. Savoir fumer(흡연을 안다면) — 하지만 비스트로 '장 니코'에서는 흡연을 아는 것 (savoir fumer)과 인생을 아는 것(savoir vivre)이 서로 원만한 경계를 이루고 있었다. 나는 그 엄격한 웨이터에게 성냥을 한 갑 더 부탁하는 것을 단념하고, 담배를 다시 담뱃갑에 집어넣었다. 혹시 **친애하는 여성독자**나 **경애하는 남성독자**께 불을 빌리는 것은 어떨까. 독자들께서는 흡연이 허용된 장소에서 담배를 피우고 싶은데, 그럴 수 없는 상황에 처한 사람의 심정을 잘 아실 것이다. 더구나 갈망의 대상인 담배가 없어서 그런 것이 아니라 불이 없어서 그런 경우에는 그만큼 더 곤혹스럽다. 문제는 유감스럽게도 독자들께서는 내게 도움을 줄 수 없다는 것이다. 소설 속에서는 **경애하는 남성독자**도 허구적 인물이며, 더욱 슬픈 것은 **친애하는 여성독자**마저도 그렇다.

불이 없는 프로메테우스는 희비극적인 인물일 수밖에 없다. 특히 금단현상이라는 독수리가 그를 괴롭히고 있어서 미친 듯이 담배를 피우고 싶을 때면 더욱 그렇다. 이런 상황에서는 심지어 신이라고 할지라도 지상으로 내려와 길가는 사람에게 불을 빌릴 것이다. 이 얼마나 우울한 상황인가. 그리고 이 순간 담배연기를 폐 속으로 흡입할 수만 있다면 그 얼마나 행복하겠는가! 담배 길이만큼의 영원한 삶! 한밤중에 새 담뱃갑을 꺼내 비닐을 뜯어내고 뚜껑을 막 여는 순간 갑자기 집에 불이 없다는 것을 알게 되는 것은 또 얼마나 황당한 일인지! 한 시간 전에 오늘을 위해 할당된 마지막 담배를 재떨이에 비벼 끄고 촛불을 꺼버린 탓이다. 그런데 잠이 오지 않아 뒤척대는 동안 어느새 열두 시가 지나 새 담뱃갑을 뜯을 명분이 생긴다. 촛불은 꺼버렸다. 하지만 어딘가에 틀림없이 불이 있을 것이다. 집안 전체에 불이 없다는 것은 있을 수 없는 일이다. 서랍을 샅샅이 열어 뒤져본다. 평소에는 좀처럼 열어보지 않던 것까지. 자, 이제 마지막 서랍이다. 욕망이 강렬할수록 욕망을 채우는 일을 뒤로 미루는 힘도 강해진다. 이것이 희망을 키우고 길게 늘이는 지혜다. 그러나 늘어나는 만큼 점점 엷어지다가 마침내 — 마지막 서랍까지 뒤져본 후에는 — 끊어진 고무줄처럼 찰싹 소리를 내며 다시 움츠러든다. 가방을 뒤지기 시작한다. 손가방, 서류가방, 여행가방, 트렁크, 등산가방, 그리고 다시 트렁크, — 그 옆쪽을 안 뒤졌던 것이다. 아, 여행용 주머니백! 마침내 문제가 해결될 기미가 보이고, 구원의 희망이 싹트기 시작한다. 욕실에 들어서다가 지난번 여행에서 호텔에 묵을 때, 실제로 그 주머니백에서 구원의 불을 발견했던 기억이 희미하게 스쳐간다. 당시 그것을 비상용라이터로 사용하기 위해 주머니백에 그대로 놓아두기로 결심했던 것 같다. 아니면 혹시 그렇게 결심만 하고 내버려두었던가? '예'와 '아니요' 어느 쪽인가? 결심했던가, 하지 않았던가? 결심, 결심, 그리고 또 결심, 인생은 북적대는 결심들로 가득 차 있다. 금연을 하려는 결심이 그저 결심으로만 끝나지 않았던들, 지금 비상용 라이터는 필요하지도 않았을 것이다. 한 손에는 담뱃갑을 쥐고, 떨리는 다른 한 손으로는 욕실장의 문을 열어 조심스럽게 여행용 주머니백을 집는다. 자신의 집 안을 뒤지는 도둑이 되어 주머니백을 꺼낸다. 주머니의 지퍼를 연다. 안을 들여다보고 안타까운 한숨을 내쉬며, 주머니백을 다시 원래 자리로 되돌려 놓는다. 그렇지. 다른 주머니들이 있지. 즉시 뒤져보지 않을 이유가 어디 있는가? 바지주머니들, 셔츠주머니들, 외투주머니들을 뒤진다. 도둑이 강도로 돌변하여 옷가지들을 마구 뒤진다. 외투가 옷걸이에서 벗겨지고, 점퍼들은 주머니 안감이 밖으로 삐져나온 채 바닥에 흩어진다. 아! 드디어 찾았다. 양탄자 위에 흩어져 있는 점퍼들 사이에 작은 라이터 하나가 떨어져 있다. 금빛 담배광고 문구가 적힌 까만색 미니라이터가. 재빨리 집어 부싯돌 위의 바퀴를 마찰시켜 본다. 불꽃이 피어오르지 않는다.

집안을 카오스로 만들어놓고 찾아낸 라이터에 가스가 없다. 부엌이 있지 않은가! 그렇다. 부엌에는 항상 불이 있지 않은가! 오, 위대한 그리스의 신들이여! 하지만 부엌에 가스레인지가 설치되어 있고 점화기가 없다면 그것은 실로 비극이다. 점화기만 있다면 그것이 결합형 전자점화기건 분리형 전자점화기건 흔하디흔한 일반점화기건 상관이 없다. 불이 피어오른다. 오, 그대 신성한 불꽃이여! ― 그런데 만일 부엌에 전기레인지가 설치되어 있다면?

당황하지 말라! 침착하게 인내심을 발휘하라! 인류는 불을 얻기까지 수많은 세월을 기다려야 했다. 레인지가 달구어질 때까지의 몇 분은 그야말로 아무것도 아니다. "나는 밤이면 종종 자리에서 일어나 발갛게 달아오른 레인지의 열기를 얼굴에 쏘이며, 구겨진 종이에 불을 붙였다. 원고를 불태운 것이 아니라, 마지막 담배에, 최후의 마지막 담배에 불을 붙이기 위한 것이었다." 아, 이 최후의 마지막 담배 때문에 여류시인 잉게보르크 바흐만은 자기 자신을 불태웠다. 1973년 10월 17일 로마의 어느 호텔방에서.

웨이터가 비난의 눈길로 내 쪽을 넘겨다보았다. 아무튼 내 눈에는 그렇게 보였다. 니코가 자신의 이름이 붙은 비스트로에서 우리들 같은 신성한 약초의 숭배자들을 어떻게 대우하고 있는지 보고 있다면……! — 아니지, 그는 결코 내 편을 들어주지 않을 것이다. 오히려 그는 이 귀한 약초를 불태우는 것이 얼마나 어리석은 짓인지 열정적으로 잔소리를 해댈 것이다. 역사적 진실을 왜곡하면서까지 파란 리본으로 장식한 여인을 등장시켜 그를 성가시게 하고, 목에 종기까지 나게 해 그를 괴롭힌 그리 신뢰할 수 없는 전기 작가가 겪는 고초 따위는 별로 고려하지 않을 것이다. 이제 어떻게 해야 하나? 나는 주위를 둘러보았다. 옆 좌석에는 담배를 피우는 사람이 하나도 없다. 그 옆도 마찬가지다. 무례함을 무릅쓰고 웨이터를 불러 성냥을 부탁하거나 그러지 않거나 양자택일의 결단만 남았다. 나는 닫힌 노트북을 손가락으로 초조히 두드리면서, 담뱃갑 속의 금빛 담배를 곁눈질했다. 마음속으로는 웨이터를 욕하고 불을 갈망하면서.

수만 년 전 어떤 영리한 원시인 하나가 놀라운 발명을 해냈다. 가늘고 끝이 뾰족한 나무를 넓은 나무판에 수직으로 갖다 대고, 손바닥으로 오랫동안 비벼대면 두 나무 사이의 마찰지점에서 열이 난다는 사실을 알아낸 것이다. 그 위에 재빨리 마른 풀을 올려놓으면 작은 불꽃이 피어나기 시작하고, 마른 풀 위에 조심스럽게 나무껍질을 올려놓으면 불이 피어오른다. 이것을 처음 발명한 것은 원시인이 아니라 그의 부인이었다. 이 여자는 하루 종일 동굴 밖으로 나가지 못하고 불을 지키고 있어야 하는 게 무척 고통스러웠다. **경애하는 남성독자**들의 조상이 맘모스를 뒤쫓고 호랑이에게서 도망쳐 다니다가 약간의 산딸기만 들고 집으로 돌아오는 동안, **친애하는 여성독자**들의 조상이 이 영리한 발명 덕분에 낮 시간 동안 누리게 된 자유에 대해 묘사해 본다면 매우 재미있을 것이다. **경애하는 원시남성독자**가 동굴로 돌아오는 소리를 들으면, **친애하는 원시여성독자**는 그가 동굴 안으로 들어와 먹이를 내려놓고 불가에 앉기 전에 불 피우는 나무를 숨겨놓는다. 어느 날 그가 다른 때보다 일찍 집으로 돌아온다. 그는 발소리를 죽이고 동굴 입구에 발을 털기 위해 펼쳐놓은 가죽을 살금살금 넘어온다. 그는 들키지 않은 채로 동굴 입구에 서서 잠시 생각한다. 내가 밖에서 생계를 위해 뛰어다니는 동안 내 마누라는 종일 무슨 일을 할까?

태곳적부터 인간은 자신이 없는 자리에서 벌어지는 일에 대해 상상할 뿐만 아니라, 그것을 실제로 목격하고 싶은 욕망을 품어왔다. 다른 사람에게 보이지 않으면서 다른 사람을 볼 수 있는 투명인간의 꿈은 역사가 길다. 동굴입구에 기대선 원시인은 화가 났다. 불이 꺼져 있었기 때문이다. 그는 즉시 호통을 치고 싶었지만 자제했다. 무엇보다 우선 마누라가 불을 돌보는 대신에 어떤 놀이를 하고 있는지 알고 싶었다. 그는 마누라에게 판타지가 너무 많다고 생각했다. 이성적인 인간은 판타지를 갖지 않는 법이다. 그것은 단지 인간을 일에서 벗어나게 한다. 원시인 남자는 원시인 여자가 바닥에 쪼그리고 앉아 손바닥 사이에서 나무를 세차게 돌리는 모습을 관찰했다. 주위에는 마른 풀과 나무껍질이 어수선하게 흩어져 있다. 그는 집안 살림에 대해 이 여자와 진지하게 이야기를 나눌 필요가 있다고 생각했다. 그는 그의 아내를 사랑했다. 원시시대에 가능했던 정도로.

호기심과 조급함에 흥분을 참지 못한 그는 손등에 난 긴

털을 잡아 뽑으며 무성한 가슴털 속의 빈대를 터뜨려 죽였다. 그가 아내의 그 이상한 놀이를 그만 멈추게 하려는 찰나, 나무 끝에서 연기가 피어오르기 시작했다. 그는 눈을 크게 뜨고, 여자가 재빠르고 익숙한 동작으로 마른 풀과 나무껍질을 나무 주위에 올려놓는 것을 보았다. 불꽃이 피어오르는 것을 보고 그는 이 엄청난 사건의 의미를 깨달았다. 그의 부인이 불을 만들어낸 것이다. 그는 무서운 소리를 지르며 동굴 안으로 뛰어 들어가 여자에게서 나무를 빼앗았다. 그리고 그는 빼앗은 권력을 결코 내놓지 않았다.

하지만 시대는 변했다. 변하기까지 오랜 시간이 걸리기는 했지만. 지금은 파울라 같은 매력적인 여자들이 사내들의 천국을 뜨겁게 달궈놓고 있다. 이들은 그러기 위해 마찰용 나무나 성냥 따위를 필요로 하지 않는다. 성냥은 1832년에 한 남자에 의해 발명되었다. 그의 이름은 존 워커였는데, 스톡튼의 약사다. 런던의 사업가 새뮤얼 존스가 워커의 발명품을 대량생산하는 데 성공했다. 그는 이 제품에 악마의 왕 루시퍼의 이름을 붙였다. 성냥불의 연기가 지옥에서처럼 유황 냄새를 풍겼을 뿐 아니라, 독성도 지니고 있었기 때문이다. 그는 따로 경고문도 붙였다.

이야기가 또 옆길로 샜다. 이제 옆길로 새는 것도 이 소설에서는 마지막이다. **흡연기호가 나올 때만 담배를 피우시기 바랍니다.** 경고문이라는 단어가 나를 다시 현실과 사실의 토대 위로 되돌아오게 한다. 마지막 담배가 들어 있는 담뱃갑은 여전히 비스트로의 내 앞 탁자 위에 놓여 있고, 내게는 여전히 불이 없다. 나는 웨이터를 손짓으로 불렀다. 그가 느릿느릿 내 앞으로 왔을 때 나는 서툰 불어로 말했다. "L'addition, s'il vous plaît(계산서 부탁해요)." 하지만 계산서는 이미 커피잔 밑에 놓여 있었다. 나로서는 그저 돈을 지불하려 했던 것뿐이다. 그는 "무슈Monsieur"라고 말했고, 나는 카페 크레메 두 잔과 담배 값으로 20유로를 탁자 위에 올려놓았다. 비스트로에서 담배를 파는 경우 그 가격은 상점에서 사는 것보다 훨씬 비싸다. 그는 지폐를 받고 거스름돈을 꺼냈다. 그는 거스름돈을 작은 접시 위에 올려놓고, 다시 "무슈"라고 중얼거리면서, 텅텅 빈 프랑스 담뱃갑 옆에 마지막 담배를 품고 초라하게 누워있는 독일 담뱃갑을 비난의 눈초리로 바라보았다. 아무튼 내 눈에는 그렇게 보였다. 그가 물러간 후 나는 1유로 50센트의 팁을 작은 접시 위에 올려놓고선 카운트 쪽을 향해 짧은 인사말을 던지고 노트북을 챙겨 급히 밖으로 나왔다. 빨리 이곳을 떠나자. 그때 마지막 담배가 든 담뱃갑을 탁자 위에 두고 나왔다는 게 생각났다. 하지만 열 개의 담배가 들어 있다 해도 다시 그곳으로 돌아가고 싶지는 않았다.

파리에서 돌아온 후 편지함에서 카르멘의 편지를 발견했다.

"……가족이 더 큰 아파트로 이사를 해서 이제 두 딸이 각각 자기 방을 갖게 되었어. 문제는 이곳에 담배를 피울 수 있는 발코니가 없다는 거야. 그래서 몸무게가 늘었지 뭐야. 이사를 하는 통에 몸무게가 2킬로나 줄어 날렵하고 날씬하다고 느꼈는데 말이지……"

날렵하고 날씬하다는 표현이 나를 미소 짓게 만들었다. 날렵하고 날씬한 모습을 한 나이 든 카르멘의 모습이 떠올랐다 사라졌다. 그녀는 상자를 꾸리고 옷장을 정리하면서 잃어버린 두 개의 킬로그램이 그 사이에 다시 자신을 찾아왔고, 세 번째 킬로그램이 추가로 찾아들었으며, 네 번째도 곧 찾아올 것 같다고 편지에 썼다. 문제는 발코니가 없다는 데 있었다. 아이들을 위해 발코니에서만 담배를 피우는 카르멘에게 이제 담배를 피울 곳이 없어진 것이다. 그래서 결국 그녀는 담배를 끊고 말았다. 그녀는 피트니스 클럽을 다니고 조깅을 하고 때로는 말린 바나나만으로 식사를 때우고 있는데도 몸무게가 는다고 하소연했다. 담배는 무게로 복수한다. 그럼에도 카르멘은 스스로를 자랑스럽게 여겼다. 그녀에게는 그럴 자격이 있다. 예전의 담배꽁초 더미들을 생각하면 나는 아직도 고개를 흔들게 된다. 하지만 우리가 나란히 누워 함께 과일을 집어 먹을 때, 그녀는 얼마나 향기로운 행복을 불러일으켰던가! 당시 나는 그녀가 던힐로 되돌아오리라고 확신했다. 지금 나는 그녀가 결코 흡연을 다시 시작하지 않으리라고 확신한다. 적어도 아이들이 커서 집을 떠나기 전까지는. 남편, 두 딸과 함께 발코니가 없는 데로 이사 가는 금연방법은 시간이 너무 많이 걸린다. 하지만 오래 지속되는 방법이라는 장점이 있다.

편지에서 그녀는 인터넷을 통해 자신의 CDS 수치를 알아보는 테스트를 할 수 있다고 알려주었다. CDS란 Cigarette Dependence Scale(담배의존도)의 약어다. 이 수치는 0에서 100으로 세분화되어 있으며, 일반적인 흡연자들의 평균은 40에서 50 내외다. 카르멘의 수치는 처음에는 65였다가 지금은 50으로 떨어졌다고 했다. 사람들은 일정한 시간간격을 두고 이 테스트를 함으로써 수치가 떨어졌는지 확인할 수 있다. CDS 수치가 떨어질수록 저울 위의 수치가 높아진다는 것이 카르멘의 주장이다.

나는 그녀에게 별 위안이 되지 않을 것이다. 나 역시 곧 몸무게가 늘게 될 것이라고 답장을 써 보낼 생각이다. 비스트로 장 니코에 마지막 담배를 두고 나온 후 나는 더 이상 담배를 피우지 않는다. 바라건대 **친애하는 여성독자**와 **경애하는 남성독자**께서는 이것을 그리 나무라지 않을 것이라고 믿는다. 나는 이 결심을 비밀로 남겨둘 생각이지만, 언젠가 사람들에게 파리에서 마지막 담배를 피우지 않고 비스트로를 나왔다고 말할 수 있게 될 것을 상상할 때마다 즐거워진다. 물론 **친애하는 여성독자**와 **경애하는 남**

성독자들께서는 담배를 피우셔도 무방하다. **흡연기호가 나올 때만 담배를 피우시기 바랍니다.** 누구도 그것을 말릴 수는 없다.

담배를 피우지 않고 보낸 첫날을 나는 아주 만족스러운 기분으로 보냈다. 하지만 내일도 모레도 담배를 피우지 않을 것이라고 생각하니 기분이 몹시 나빴다. 48시간 후면 피 안에 니코틴이 남아 있지 않을 거란 사실을 감지한 뇌가 앙탈을 부렸다.

하루 한 갑의 담배를 피우는 나는 CDS 수치가 50밖에 되지 않는다. 당신은 하루에 담배를 얼마나 피우십니까? 솔직히 말해 나는 별로 알고 싶지 않다. 이것은 이 테스트에 나오는 질문 중 하나일 뿐이다. 자리에서 일어난 후 첫 담배를 얼마나 오래 피우십니까? 이 테스트에서 가장 중요한 부분은 다음과 같은 질문이다.

나는 담배의 노예다.
☐ 전혀 그렇지 않다
☐ 약간 그렇다
☐ 어느 정도 그렇다
☐ 상당히 그렇다
☐ 완전히 그렇다
---- ～

완전한 금연을 실행하는 것은 당신에게

☐ 불가능하다

☐ 아주 어렵다

☐ 약간 어렵다

☐ 다소 쉽다

☐ 아주 쉽다

나는 크레타가 이 테스트를 받는다면 어떤 표정을 지을지 생각해보았다. 물론 응할 가능성은 거의 없겠지만. 그녀의 수치는 분명 20 이하일 것이다. 멜라니는 아마도 100일 것이고, 필리네는 0, 파울라는 70 정도일 것이다. 안네의 경우에는 계측 불가능한 그녀의 대답에 헷갈려 컴퓨터가 다운될 것이다. 지난번 그녀의 아틀리에에 들렀을 때, 나는 그녀가 *아메리칸 스피릿*을 끊고 *아티카Atika(7mg, 0.6mg, 8mg)*를 피우는 것을 보았다. 이것이 나를 약간 불안하게 만들었다. 나는 그런 상표의 담배가 있다는 것조차 몰랐다. 처음에 나는 안네가 예술가로서 위기를 겪고 있는 게 아닌가 생각했다. 하지만 그녀가 최근에 작업한 양탄자들을 보니 위기는 전혀 아닌 것 같았다. 그녀는 이제 비유적 작품이 아닌 개념적 작품을 만드는 데 몰두하고 있었다. 이 단어를 들었을 때 나는 어깨를 움찔했다. 안네는 이를 보고 웃음을 터뜨렸다. "네가 무슨 생각을 하는지 알아."

나는 얼굴을 붉히며 사과하려고 했다. "아, 그런데 말이에요, 안네." 하지만 더 이상 할 말이 떠오르지 않았다. 안네의 개념적 작업은 이런 것이다. 물레는 덮개로 덮여있고, 바닥에는 3미터 길이의 두꺼운 천이 여러 장 놓여 있다. 천들이 맞닿는 부분에는 바닥 면에 크레이프를 덧대어 연결해놓았다. 벽 쪽에는 붉은색, 녹색, 노란색, 파란색의 물감통이 나란히 늘어서 있다. 물감통마다 커다란 붓이 매달려 있다. 대부분이 여성인 고객들은 직접 붓을 물감통에 담근 후 그것을 천 위에서 흔들어 문양을 만들어낸다. 어떤 사람은 네 가지 색 모두를, 어떤 사람은 한 가지 색만을, 또 어떤 사람은 물감을 혼합하여 만들어낸 특별한 색을 사용한다. 어떤 사람은 붓을 통에 깊이 담근다. 어떤 사람은 커다란 점들을, 또 어떤 사람은 우아한 작은 반점들을 만들어낸다. 붓으로 그림을 그려보려는 사람도 있지만, 이것은 금지되어 있다. 안네는 붓을 직접 천에 대지 못하게 했다. 그것은 개념적 작업이 아니기 때문이라는 이유에서다. 안네의 설명은 나를 다소 혼란스럽게 만들었다. 그녀가 원하는 것은 크고 작은 점들이지, 선과 면이 아니었다. 이런 방식으로 만들어진 형상은 놀라울 정도로 장식적이었다. 이처럼 반은 의도적으로, 반은 우연적으로 만들어진 형상들을 안네는 즉흥디자인이라고 불렀다. 이것은 안네가 짤 양탄자의 밑그림이 되었다. 안네는 이것을 고객들에게 제시하고, 고객이 그중 하나를 선택하면 양탄자로 짜 냈다. 이 양탄자들은 갤러리에 전시되어 매우 비싼 값으로 팔렸다. 고객들은 오로지 갤러리를 통해서만 안네를 만날 수 있었다. 그녀를 방문하였을 때 크레타와 내가 그녀에게 맡겨놓은 밤하늘 양탄자에 대해 물었다. 안네는 못 들은 척하면서 대답하지 않았다.

권태롭고 힘든 날들이 흘러갔다. 파울라가 내게 전화를 걸어 저녁식사에 초대했다. 하지만 집으로가 아니라 — 이 미 언급했듯이 이것은 이제 더 이상 우리의 레퍼토리에 들 어 있지 않았다 — 아담하고 멋진, 그리고 나와 내 은행잔 고의 입장에서는 너무 비싼 레스토랑으로. 하지만 계산은 물론 파울라가 할 것이다. 우리는 그녀가 이사로 승진한 것을 함께 축하하기로 했다. 그녀를 만나고, 또 그녀의 개 선행진에 함께 참여하는 것은 기쁜 일이다. 나는 그 레스 토랑의 이름만 들었을 뿐, 아직 가보지는 못했다. 그녀가 그 레스토랑을 선택한 것이 내게는 기묘하게 느껴졌다. 나 는 파울라에게 무엇을 선물해야 할지 곰곰이 생각해보았 다. 에펠탑 밑에 있는 선물상점에서 한 무더기의 모형 에 펠탑을 보았다. 금색과 은색 탑 외에 구리탑과 철탑도 있 었다. 철탑은 금은세공이 된 탁상용라이터였는데, 내 마음 에 쏙 들었다. 그것을 샀더라면 문제가 해결되었을 텐데. 하지만 당시 내게는 라이터를 살 이유가 없었다. 살면서 흔히 있는 일이지만, 나는 반쯤 쓴 성냥들을 산더미같이 쌓아놓고 그 위에 에펠탑라이터까지 왕관처럼 씌워놓을 필요가 없다고 생각했던 것이다. 지금 나는 그 에펠탑라이터를 사지 않았던 것을 후회하고 있다. 파울라가 무척 좋아했을 텐데. 휘발유라이터가 있으니 사용하지는 않겠지만. 그 레스토랑이 내게 묘하게 당혹스러운 느낌을 들게 했던 이유가 갑자기 떠올랐다. 흡연이 금지된 레스토랑이었던 것이다! 긴장감이 나를 엄습했다. 비흡연자 가장 파티에 이제는 또 비흡연자 레스토랑이라니! 그곳에서 카르멘의 복장을 한 이혼담당 여판사를 다시 만나게 되는 것은 아닐까?

사실 나는 지금 농담할 기분이 아니다. 이미 말했듯이 권태롭고 힘든 나날을 보내고 있기 때문이다. 담배를 끊은 이후 나는 오로지 금연에 대해서만 생각했다. 계속 이런 날들이 지속될 것인가? 언제쯤 내게 구원의 날이 다가올 것인가? 나는 오스카 와일드의 소설 『진지함의 중요성』에 나오는 잭 워딩과 정반대되는 상황에 놓여 있다. 레이디 브랙넬이 그에게 묻는다. "담배를 피우시나요?" 그가 그렇다고 하자 그녀는 이렇게 대답한다. "그런 답변을 듣게 되어 기쁘군요. 남자는 언제나 집중하는 일이 있어야 해요." 나는 경구들을 인용하여 자신을 단련시키기 위해, 집 안 곳곳에 문구들을 붙여놓았다. 책상 위, 냉장고, 침실의 네 벽 등 도처에. 하지만 'Fumer tue(담배는 당신을 죽게 만듭니다)' 같은 것은 붙이지 않았다. "흡연은 당신과 당신 주위사람들에게……"나 "흡연은 발기부전을 초래할 수 있습니다" 따위의 글도 붙여놓지 않았다. 발기 문제는 내게 어차피 의미 없는 일이다. 루이스 부뉴엘이 생각났다. 그런데, 그런데, 필리네가 다시 내 앞에 나타났다. 나이가 들긴 했지만, 예전처럼 매혹적이고 라틴적인 모습으로. 하지만 지금 나는 아직 인용문에 대해 이야기하고 있는 중이다. 나는 컴퓨터에 두 개의 인용문을 입력하여 프린터로 출력해, 아파트 문 안쪽에 걸어놓았다.

니코틴은 양심을 마비시킨다. 흡연에 대한 욕구는 후회의 감정을 질식시키려는 욕망에서 생겨난다. 흡연의 유일한 목적은 이성을 흐리게 하는 데 있다. 흡연은 살인과 절도, 유희와 방종 등 모든 사악한 행위로 우리를 이끄는 첩경이다.

_레프 톨스토이

우리는 사도에게 주어진 권한의 이름으로 남성과 여성, 세인과 성직자를 막론하고 세비야의 교회와 도시와 교구의 모든 사람들에게 코담배와 피우는 담배, 그리고 그 외 모든 방식으로 담배와 접촉하는 행위를 파문코자

하며 필요하다면 세속적인 수단을 사용해서라도 징벌
할 것을 명하노라.

_교황 우르바누스 8세

이 금령은 1642년 1월 30일에 반포되었다. 하지만 별로
소용이 없었다.

흡연기호가 나올 때만 담배를 피우시기 바랍니다.

내가 농담을 할 기분이 아닌 데에는 또 한 가지 이유가
있다. 백화점에서 에스컬레이터를 타고 있을 때였다. 백화
점 중에는 에스컬레이터의 비스듬한 천장에 거울을 붙여
둔 곳이 더러 있다. 과거 내가 담배를 피울 때, 담배를 사
러 가던 곳도 그랬다. 금단현상으로 인해 아무 생각 없이
식료품 코너로 내려가고 있을 때, 위에서 누군가가 나를
내려다보고 있는 것이 보였다. 물구나무서 있는 그의 모습
은 나와 머리카락 한 올 틀리지 않고 똑같았다. 오, 세상
에. 머리카락! 바로 그것이 문제였다. 머리카락! 머리카락
이 없었다. 머리카락 말이다! 정수리 부분의 머리카락은
허옇게 빠져 있었다. 그 대신에 동전 크기만한 구멍이 그
곳을 메꾸고 있었다. 아. 그 추한 모습이라니! 그것도 이렇
게 갑자기. 그때까지 나는 내 정수리 위에서 무슨 일이 벌
어지고 있는지 전혀 몰랐다. 매일 머리 위를 보는 사람은
없으니까. 이런 경험은 남자를 그 근본에서부터 뒤흔들어

놓는다! 뷔히너의 희극 「레옹세와 레나」에서도 젊은 왕자는 자신의 금발 갈기머리에 대해 전혀 알지 못한다. "어떻게 하면 내 머리를 한번 볼 수 있을까? 오, 한번만이라도 볼 수 있다면!"

정수리를 확인하기 위해 에스컬레이터를 반복해 오르내리면서 속으로 눈물을 흘리고 있는데, 누군가 내 이름을 불렀다. 마침 나는 정수리를 재확인하기 위해 올라가고 있던 참이었다. 맞은편 에스컬레이터에서 필리네가 손짓을 하며 내려왔다. 필리네는 웃음을 터뜨리며 내 곁을 지나 아래로 내려갔다. 나는 구두축을 중심으로 몸을 뒤로 돌려 에스컬레이터를 거슬러 밑으로 뛰어 내려갔다. 이런 일은 열네 살 때 백화점 여자의류매장에서 엄마가 몇 시간 동안이나 스웨터를 고르는 바람에 지루함을 견디려고 하던 짓이었다. 하지만 나는 이제 마흔 살인데다 흡연으로 인해 호흡도 짧아진 터였다. 게다가 나는 필리네를 본 순간부터 흥분상태에 빠졌다. 이 순간만큼은 사는 것이 전혀 권태롭거나 힘들게 느껴지지 않았다. 나는 계속 "미안합니다"를 중얼거리며 대학시절의 사랑을 향해 에스컬레이터 계단을 거꾸로 뛰어 내려갔다. 마침내 골인 지점에 이른 내가 가쁜 숨을 몰아쉬며 마지막 계단 아니 첫 번째 계단을 건너 뛰었을 때, 필리네는 동화에 나오는 고슴도치 부인처럼 침착하게 그곳에 서 있었다. 그녀는 에스컬레이터 입구로 한

발만 내디디면 되었으니까. 이런 일이 다 있군. 묘한 우연이야. 세상은 정말 좁군. 우리는 서로 이런 말을 나누었다. 나는 그녀에게 어떻게 지내냐고 물었다. 그녀는 잘 지낸다고 대답했다. 그녀도 내게 어떻게 지내냐고 물었다. 나 역시 잘 지낸다고 대답했다. 적어도 그 순간만큼은 맞는 말이었다. 나는 오랜 세월이 지났어도 여전히 아름다운 그녀의 갈색 눈을 바라보며, 그녀의 눈꺼풀이 아래로 내려깔리면서 매혹적인 이마에 세로 주름이 생기는 것을 거의 자동적으로 기대했다. 이런 상황에서 나눌 수 있는 거의 모든 이야기를 서로에게 하고 난 후, 그녀는 내게 결혼했느냐고 물었다. "끝나버렸어"라고 대답했다. 그녀는 즉시 화제를 바꿨다. "담배는 아직 피워?" "그것도 끝내버렸어." 내 대답에 그녀는 놀란 듯한 표정을 지었다. 다소 실망한 것 같았다. 나는 즉시 이렇게 덧붙였다. "아직 며칠 안 됐어. 아마 곧 다시 시작하게 될 거야." 그녀는 가방에서 *청색 닐 Nil(10mg, 0.8mg, 10mg)*을 꺼내더니, 이 중요한 순간을 더 이상 미루지 말고 버스정류장으로 가자고 제안했다. 함께 커피를 마실 시간은 없다고 했다. 밖으로 나와 그녀가 내게 닐을 내밀었을 때, 나는 거절하며 그녀에게 말했다. "너는 담배를 피우지 않을 거라고 생각했는데." 그녀는 몸을 흔들어대며 웃음을 터뜨렸다. "내가 담배를 피우지 않는다고? 하루 두 갑의 담배를 피우는데? 나한테 담배를 가르쳐 준 게 바로 너였잖아." 나는 아연해져서 그녀의 담배를 받아들었다.

---- ~

나는 깊이 담배를 빨아들였다. 마법사 지니가 나를 손아귀에 넣고 있는 동안, 필리네는 농담과 진담을 반반씩 섞어가며, 당시 내가 그녀에게 읽어준 그 뚜쟁이 책이 나를 이렇게 만들었다며 호쾌하게 웃었다. 그 책이 그녀를 흡연의 길로 이끌었다는 것이다. 담배를 피우지 않는 나비에서 때때로 담배를 피우는 번데기를 거쳐 — 나는 지금 필리네의 표현을 그대로 옮기고 있다 — 니코틴애벌레로 변신하기까지 일 년도 채 걸리지 않았다고 했다. "그 무렵 너는 정말 나에 대해 모르는 게 너무 많았어"라고 그녀가 말했다. 그렇게 말할 수도 있을 것이다. 필리네는 이제 매일 30 내지 40개비의 닐 담배를 피운다고 한다. "Quidquid agis, prudenter agas et respice finem(지금 하고 있는 일을 올바로 행하라, 그리고 그 결과를 생각하라)." 그때 버스가 정류장에 도착했다.

집으로 돌아오는 동안 나는 닐 한 갑을 사고 싶은 욕망을 간신히 억눌렀다. 하지만 제노 코시니에게는 저항할 수 없었다. 침대에 누워 나는 필리네가 곁에 있던 때를 회상했다. 회상 속에서 나는 그녀의 매혹적인 배꼽을 다시 바라보았다. 그리고 그녀가 피우던 첫 담배의 냄새를 느끼며, 가엾은 코시니가 누군가로부터 들었다는 충고의 구절을 읽었다. "지난 몇 년 간 내 안에는 두 명의 인간이 자라나게 되었어. 하나는 명령을 내리는 자고 다른 하나는 그의 노예야. 이 노예는 족쇄가 조금만 느슨해지면 그 즉시 주인에게 반기를 들려고 하지. 결국은 너도 그 노예에게 자유를 줄 수밖에 없을 거야. 동시에 이 질병에 대해 그것이 완전히 낯설고 새로운 것이라고 생각해 봐. 그것을 물리치려 하지 말고, 무시해버리라는 뜻이야. 그 질병을 잊어버리고, 마음에 들지 않는 파트너를 대하듯 그것에 등을 돌리도록 해봐."

예전에 내가 파울라에게 '너를 지배하는 것은 파울이 아니라, 너 자신'이라고 말했을 때, 내가 의미하고자 했던 것이 바로 이것이었다. 나는 책에서 눈을 들어 내 주위에 널려 있는 금연 경고문들을 바라보았다. 강렬한 욕망이 나를 엄습했다. 병에 갇힌 마법사 지니가 자신을 풀어달라고 애걸복걸하고 있었다. 마법사 지니는 밖으로 나갈 수만 있다면 모든 소원을 들어주겠다고 약속했다. 닐 담배 한 갑만 사오면 돼. 흰색 닐(6mg, 0.5mg, 8mg)이라도 상관없어. 그 다음에 필리네를 다시 만날 방법을 생각해 보기로 하지.

하지만 나는 필리네를 만날 생각이 없었다. 청춘은 지나가 버렸다. 에스컬레이터 천장에서 마주친 물구나무선 그녀석이 내게 그것을 확인시켜 주었다. 나는 제노 코시니를 옆에 밀쳐 두고 금연지침서에 적혀 있는 조언들을 모두 시행해 보았다. 우선 한 잔의 물을 마시고, 100에서 0까지 숫자를 거꾸로 세고, 팔굽혀펴기를 스무 번 하고, 사과를 먹고, 다시 물을 한 잔 마셨다. 그러자 다섯 개비의 담배를 연달아 피운 것만큼 괴로운 느낌이 들었다. 그래도 나는 끝까지 욕망에 저항했다.

나는 저항을 계속했다. 결코 되돌아가지 않을 것이다. 닐에게도 필리네에게도. **친애하는 여성독자**와 **경애하는 남성독자**들께도 이 자리를 빌어 맹세한다. 나는 결코 담배를 피우지 않을 것이다. 결단코. 권태롭고 힘든 나날들이 계속되어도 상관없다. 어디 그래 보라지. 더 이상 담배를 피우지 않는다는 것, 그리고 담배를 피우지 않는다는 것에 대해 더 이상 생각하지 않는다는 것. — 이것이 어떤 것인지 체험해보고 싶다. 껌담배와 초콜릿담배를 즐기던 무구한 상태로 되돌아가는 것일까? 하지만 만일 그렇다면 모든 것이 처음부터 다시 시작되는 것일 뿐이다. 나는 지금 내가 담배를 피우지 않으려 한다는 것을 모를 것이고, 다시 담배에 습관을 들인 후에야 담배를 끊는 게 더 낫다는 사실을 알게 될 것이다. 이것이야말로 지금 내가 빠져나오려고 하는 쳇바퀴다. 이 문제를 해결하려면 이렇게 되어야 한다. 내가 담배를 피우지 않으려고 하는 것은, 담배가 싫어서가 아니라, 담배를 피우지 않는 것이 어떤 것인지 알고 싶기 때문이다. 나는 변화를 원한다. 호흡이나 금전 때문이 아니라, 호기심 때문에. 자유로이 변화를 시험해 보는 것. — 이것이 해결책이다. 나는 희열을 느끼며 벽에 붙은 인용문들을 모두 떼어버렸다. 그리고 녹색 색연필로 벽에 이렇게 썼다.

흡연기호가 나올 때만 흡연하라!

이제 나는 금단현상의 최악의 단계만 견뎌내면 된다. 아마도 30일 내지는 40일 정도 걸릴 것이다. 그러고 나면 담배연기가 사라진 후 나타나게 될 인간이 어떤 모습인지 알게 되겠지.

약속한 저녁식사 때 나는 파울라에게 이 일에 대해 이야기하지 않을 생각이다. 평소와 달리 담배를 피우지 않는 것으로 이야기를 대신할지도 모르겠다. 아니, 금연 레스토랑에서 만나기로 했으니 그런 걱정을 할 필요도 없다. 그녀에게 줄 선물도 결정했다. 예쁜 담배케이스다. 한쪽에는 껌담배를 다른 한쪽에는 초콜릿담배를 담을 것이다. 따로 포장은 하지 않고, 디저트를 먹은 후 담배를 피우고 싶은 욕구가 가장 강렬한 순간에 뚜껑을 연 채로 그녀 앞에 내밀 생각이다. 아마도 그녀는 미소를 지으며, 코트 주머니 안에 든 담배케이스를 몰래 만져보고, 서둘러 레스토랑을 나서겠지. 그리고 아메리칸 바에 도착하여, 시가를 피우는 잘생긴 중년의 남녀 사업가들 사이에서 위스키를 마실 것이다. 그러는 동안 파울라는 금연 레스토랑을 선택한 자신의 영웅적인 행동에 대해 뿌듯해하며 우아하게 시가를 피우고, 그런 뒤에 또 한 대의 시가에 불을 붙이겠지. 그 사이에 나는 두 번째 잔의 위스키를 마시며 그녀에게 껌담배를 하나 달라고 말할 것이다.

하지만 나는 껌담배를 구하지 못했다. 초콜릿담배로 만족하는 수밖에 없었다. 나는 네덜란드산 고르바초프 인터내셔널(카카오 성분 28%)을 골랐다. 진짜 담배보다 얇고 짧은 길이에 필터 부분만 담배처럼 보이는 제품이었다. 포장 안에는 이 슬픈 물건이 열 개나 들어 있었다. 담배를 흉내낸 성분표시도 부착되어 있었다. "설탕, 카카오버터, 분유, 저지방분유, 카카오, 레시틴, 바닐라향." 이것이 오히려 나를 불안하게 만들었다. 타르나 니코틴의 경우라면 적어도 그게 무엇을 의미하는지 잘 아는데.

예상은 빗나갔다. 파울라의 이야기를 들으며 나는 뒤통수를 맞은 느낌이 들었다. 파울라가 파울을 무시하기로 결정한 것이다. 파울라의 주장에 따르면 그녀는 한 순간에 담배케이스와 휘발유라이터를 모두 내던져버렸다고 했다. 아깝고 유감스러웠다. 하지만 그녀는 자신의 과거를 간직한 박물관을 만드는 데 전혀 가치를 느끼지 않았다. 만족감에 찬 표정으로 자신에게는 항상 앞으로 나아가는 것만이 중요하다고 강조하면서, 초콜릿담배가 든 새 담배케이스를 주머니에 집어넣었다. 파울라는 자신의 결정에 도취되어 있었다. 아페리티프(식욕을 돋우기 위해 식사 전에 마시는 술−옮긴이)를 마시던 파울라는 금연을 결심한 지 얼마 되지 않았다고 내게 귀띔했다. 전채를 먹으면서 우리는 이제 새로 피어날 미각의 꽃봉오리에 대해 이야기했다. 파울라는 첫 번째 코스의 요리를 먹으며 미식가처럼 보이려 애를 썼다. 그러면서 조심스럽게 담배를 끊은 지 얼마나 됐느냐고 넌지시 물었다. 파울라는 두 번째 코스의 요리를 반만 먹고 남겼다. 디저트를 먹으며 그녀는 레스토랑으로 오는 길에 마지막 담배를 피운 후 라이터와 담배케이스를 택시에 버리고 왔다고 고백했다. 에스프레소를 마시며 그녀는 자신의 결심이 너무 성급했던 것 같다고 말했다.

파울라가 파울과 헤어진 것은 회사의 다른 여자이사 때문이었다. "담배를 피워야만 한다는 것은 자기 자신을 다스리지 못한다는 반증이에요." 회의실에 단 둘이 있을 때 그녀가 이렇게 말했다는 것이다. 그러면서 담배를 붙여 물더니 "나는 담배를 피우고 싶을 때 피우지, 피워야만 하기 때문에 피우지는 않아요"라고 말하더라는 것이다. 그때까지 파울라는 이 여자가 손에 담배를 들고 있는 것을 한 번도 본 적이 없었다. 그녀의 사무실에서도 담배냄새가 난 적이 없었다. 앞으로는 파울라도 사무실을 그녀와 같은 층으로 옮길 것이고, 여비서도 그녀와 공동으로 두게 될 것이다. 그녀가 파울을 비난하게 놔두면 안 된다. 그래서 그녀는 파울의 손에 담배케이스와 라이터를 쥐어준 후, 그를 택시 안에 버리고 왔다는 것이다. 이제 그녀는 내 맞은편에 앉아 초콜릿담배를 탁자에 톡톡 두드리고 있다. 마치 그것이 독하고 향기로운 버지니아연초가 들어 있는 두툼한 *금색 다비도프*라도 되는 것처럼. 그러면서 그녀는 앞으로 담배를 어떻게 거절할 것인지에 대해 설명했다. 거울 앞에서 연습까지 했다고 한다. 처음에 나는 그녀가 나를 놀리려고 하는 줄 알았다. 파울라가 거울 앞에서 자기 자신에게 이렇게 말하다니! "고맙지만 담배를 안 피워요." 이것은 안네에게나 어울리는 일이었다. 그러나 나는 곧 그녀를 믿을 수밖에 없었다. 그녀는 이 연습을 피드백 교육이라고 불렀다. 하느님 맙소사. 그녀는 진심으로 이야기했다. 이 연습의 구체적인 방식에 대해서도 자세하게 설명했다. "기분이 좋지 않을 때 거울 앞에 서서 미소 짓는 트레이닝을 하면 기분이 좋아져. 여기에서 중요한 것은 제대로 미소를 지어야 한다는 거야. 눈과 입으로만 하는 건 부족해. 일종의 지혜로운 자기기만이라고 할 수 있지. 인위적인 미소가 점차 진짜 미소가 되어 안구 주위의 근육조직을 활성화시키는 거야. 이 조직은 의식적으로는 통제가 불가능해. 이 방법을 터득하면 네 두뇌가 긍정적이고 적극적인 피드백을 얻게 돼. 거울에 비친 네 미소 짓는 모습 때문이 아니라, 근육조직이 활성화되기 때문에 그렇게 되는 거지. 이런 활성화는 자연스럽게 미소를 지을 때만 가능해. 이것은 두뇌에게 모든 것이 잘 되어가고 있어서 최고의 기분을 느낀다는 것을 의미하거든." 파울라는 이런 질문도 던졌다. "사무실에서 느끼는 압박감을 더 이상 참지 못하게 되면, 화장실로 가서 변기뚜껑 위에 앉아 울부짖곤 해. 이런 내 행동에 대해 어떻게 생각해?" 나로서는 그런 모습을 도저히 상상할 수 없었다. "보통 때는 창가에 서서 아까 말한 그런 트레이닝을 해. 어깨와 팔을 늘어뜨리고 얼굴만 움직이는 연습 말이야. 하지만 때로는 화장실에 가서 울기도 하지. 우리 둘만의 비밀이야."

트레이닝에 대해 설명하는 동안 파울라는 다시 기분이 안정되었다. 이야기하는 동안 여러 조각으로 부러뜨린 초콜릿은 탁자 위에 그대로 내버려 둔 채. 그녀는 담배케이스를 다시 집어넣었다. 우리는 아메리칸 바에 가지 않기로 결정했다. 그곳은 너무 위험하다. 그 대신에 이 레스토랑에서 한잔 하기로 했다. 우리는 잔을 부딪치며 니코틴 없는 인생을 위해 건배했다. 그녀의 열광적인 도취가 다소 되살아났다. 파울라는 내게 그녀의 휴대폰을 건네주면서 사진을 찍어달라고 부탁했다. 담배를 피우지 않으면서도, 행복한 축하파티를 즐기고 있다는 걸 증명하기 위해. 며칠 후, 혹은 몇 주 후에 금단현상으로 고통을 겪을 때 이 사진을 들여다보며 힘을 얻겠다면서.

기적이 일어났다. 멜라니가 담배를 끊은 것이다! 아이를 가졌기 때문이었다. 롤프는 열광했고, 멜라니는 차분했다. 내가 일찍이 본 적이 없을 정도로 차분했다. 전에 내가 그녀의 여섯 번째 흡입을 말리면서 담배를 줄이느니 차라리 끊어보라고 충고했을 때 그녀가 보인 살의에 찬 눈길이 생생하게 기억났다. 우리는 롤프의 집 부엌 탁자에 앉아 와인과 치즈를 먹고 마시며 담소를 나누었다. 아기가 세상에 나오면 이들은 결혼을 하고 살림을 합칠 예정이었다. 나는 그녀에게 잘 지내고 있는지, 담배를 끊은 것 때문에 힘들지는 않은지, 다시 담배를 피운 적은 없는지 등등을 물어 댔다. 그녀가 화난 표정으로 머리를 흔들며 말했다. "임신 중에 담배를 피우면 아기에게 해로워." 청소년 시절부터 자신만의 담배공장을 운영했던 나의 오랜 친구 멜라니가 지금 EU 보건부 장관이나 할 말을 하고 있는 것이다. 롤프가 담배 한 대를 피워 물었다. 그는 *블랙 크라우저*를 두 번이나 끊겠다고 맹세했다가, 결국 아기가 태어나 살림을 합친 후에야 그 맹세를 지키기로 했다. 그래서 그가 직접 말은 담배는 그의 입술 사이에 물려있는 것이다. 그는 담배 연기를 내뿜다가, 연기가 멜라니 쪽으로 가는 것을 보고 손을 휘저어 연기를 흩어지게 했다. 그는 담배를 뿜을 때마다 이 동작을 반복했다. 이렇게 매번 손을 휘젓는 바람에 그는 멜라니가 얼굴을 찌푸리면서도 담배연기를 즐기고 있다는 걸 눈치 채지 못했다. 하지만 나를 속일 수는 없어, 멜라니. 내가 네 여섯 번째 흡입을 못하게 했을 때 네 눈길에서 보았던 것을 나는 아직도 생생하게 기억하고 있어. 네 눈에는 여전히 그 탐욕이 담겨 있어. 비록 좀 약해지기는 했지만, 그 탐욕은 여전히 불타고 있다고. 너는 그것을 알고 있고, 또 내가 그것을 알고 있다는 사실도 알고 있어. 롤프는 아이의 아버지가 된다는 것에 흥분해서 여전히 손을 휘젓고 있었다. 멜라니의 아름다운 눈이 나를 차갑게 응시했다. 그녀의 눈빛은 뼛속까지 파고들었다. 그녀는 담배를 피우지 못해 낙담하고 있는 자신의 모습을 내게 숨기지 못했다는 사실에 부아가 치민 듯했다. 나는 분명히 느꼈다. 그녀는 복수하려고 했다. 하지만 이 복수는 롤프를 향한 것이었다. 가엾은 멜라니, 이 무슨 고통이란 말인가. 그녀는 장난기를 가장하여 롤프의 팔을 찰싹 때리더니, 그가 지난 몇 주간 담배를 줄이려고 무척 노력했다고 말했다. 하지만 도저히 가망이 없어 보인다고 덧붙였다. 그러면서 분노가 이글거리는 눈길로 나를 바라보았다. 전혀 가망이 없어. 담배를 완전히 끊든지, 아니면 아예 안 끊든지 양자택일뿐이라고 그녀가 말했다. 나는 그 말에, 아예 그런 시도를 하지 말라고 한마디 덧붙이고 싶었다. 롤프가 멜라니의 설교를 듣는 동안 말아놓았던 담배를 다시 내려놓았다. 멜라니가 갑자기 내게 물었다. "이제 담배 안 피워?" 나는 얼른 대답했다. "아니, 아니, 그런데 저녁때만 피워. 아직 끊지 못했어." 그녀가 도전적으로 웃으며 말했다. "그런데 지금은 저녁시간이야." 이것도 옳은 말이었다. "편안한 마음으로 피워, 난 아무 상관없어. 롤프 이 사람에게 담배 한 대 말아줘요." 아, 이 간특한 뱀 같으니! "당신도 한 대 피워요. 뭐하고 있어요?" 롤프는 기꺼운 표정으로 *크라우저* 폭탄을 제조하기 시작했다. 엄청난 두께였다. 그가 말아놓은 담배는 조인트(대마초)처럼 보였다. 롤프는 대마초도 피워본 경험이 있는 듯했다. 필터 없는 담배를 피워본 지 얼마나 오래되었는지 기억조차 나지 않았다. 크레타의 *로트 핸들레*가 아마도 마지막이었을 것이다. 직접 말은 담배는 — 내기를 해도 좋다 — 멜라니의 자바산 연초가 마지막이었다. 당시 나는 이런 일이 있으리라고는 꿈에도 생각하지 못했다. 그녀가 임신한 몸으로 부엌에 앉아있으리라고는. 더구나 내가 아이 아버지가 아니고, 단지 손님으로 찾아와, 아이 아버지가 말아준 담배를 피우게 되리라고는. 그리고 이 모든 것이 나에게 즐거운 느낌으로 다가오리라고는. 당시 이런 일을 상상했다면 내게는 최악의 상황이고 끔찍한 악몽이었을 것이다. 하지만 당시는 당시고 지금은 지금이다. 지금 나는 금연 중에 피우게 된 담배를 즐기고 있다.

담배에서 갈대연기 같은 맛이 났다. 타르가 폐 속에 축적되는 것이 느껴졌다. 하지만 행복했다. 나는 하릴없는 행복을 느꼈다. 희망을 뜻하는 녹색으로 벽에 써놓은 글이 예언이자 전조라는 생각이 들었다. 나는 다시 한 번 급히 담배연기를 빨아들였다. 멜라니는 매우 흡족해했다. 그녀는 도미노의 첫 번째 돌을 건드렸던 것이다. 롤프와 나는 담배를 피우고 수다를 떨고 다시 담배를 피웠다. 두 시간 후 멜라니가 자리에서 일어섰다. "담배연기가 너무 자욱하다." 그녀가 성스러운 표정으로 말했다. 르네상스 시대의 그림에 나오는 성모처럼 두 손으로 배 아랫부분을 받친 채. 작별인사를 할 때 그녀는 뺨에 키스를 하면서 내 귀에 대고 속삭였다. "피우거나, 아예 안 피우거나." 멜라니, 오 멜라니, 아이가 너를 구원할 것이다. 그러나 어느 날 너는 훌륭한, 그러나 때로는 사악한 노부인이 되어 있을 것이다. 그러다가 끊었던 담배가 갑자기 생각날 때면 가방에서 이브담배나 그 비슷한 종류의 담배를 꺼내 불을 붙이면서, 자신을 빤히 쳐다보고 있는 롤프에게 퉁명스럽게 내뱉겠지. "뭘 봐! 어쩔 건데!"

---- ～

안네는 위기를 맞고 있었다. 그녀는 이제 아티카도 피우지 않았다. 다행스럽게도 나는 멜라니에 의해 사주된 흡연

215

이후로 다시 담배를 피우지 않았다. 안네는 물레 주위를 맴돌며 문간에 기대 선 내게 한탄을 쏟아놓았다. 예술에 대하여, 인생에 대하여, 그리고 이 두 가지 중 하나가 언제나 다른 하나의 숨통을 조이는 것에 대하여. 물레는 천으로 덮여 있었다. 하지만 바닥에는 천도, 물감통도 놓여 있지 않았다. 그녀는 아무 일도 하고 있지 않았다. 내가 안네를 알고 지낸 이래로 그녀는 항상 일을 하고 있었고 대부분의 경우 늘 담배를 피우고 있었다. 현재 그녀는 이 두 가지를 다 그만두었다. 이것은 위험한 징조다. 도대체 어쩌려는 것일까? 나는 그녀에게 두 가지 모두 다시 시작하라고 간청했다. 당신은 하늘의 은총을 받은 천재로서 모든 것을 해도 된다고 말해주었다. 술을 마시건, 담배를 피우건, 나체로 탁자 위에서 춤을 추건 상관없다. 중요한 것은 양탄자를 짜는 일이다. "그래도 돼?" 그녀가 낙담하면서 물었다. 나는 너무나 다채로운 성격인 그녀가 이렇게 묻는 게 담배에 관한 것이 아니라 나체로 탁자 위에서 춤추는 것일까 봐 더럭 겁이 났다. 나는 그녀에게 입을 맞추고, 그녀를 팔에 안고 왈츠스텝을 몇 걸음 밟았다. 몇 걸음만. 그녀는 완전히 순종적이었다. 다시 몇 걸음 스텝을 밟았다. 우리는 함께 춤을 추었다. 우리 두 사람에게만 들리는 음악에 맞춰. 그녀가 갑자기 스텝을 멈추더니 얼굴을 내 어깨에 묻고 울기 시작했다. 나는 아무 말도 하지 않고 그녀를 꼭 안은 채 기다렸다. 점차로 그녀가 마음을 진정시켰다. 훌쩍이던 안네가 내 품에서 나와 말을 시작했다. "내가 가진 것이라곤 물레뿐이야. 그밖에는 아무것도 없어." 내 영혼 깊은 곳까지 아픔이 전해졌다. 그것이 맞는 말이라는 것을 알고 있었기 때문이다. 고독은 인간을 고갈시킨다. 성공도 이것을 막아주지 못한다. 사랑을 위해서라면 예술도 내버릴 수 있다고 그녀가 슬픈 어조로 말했다. 지극히 평범한 안정감, 가족, 아이, 일상의 근심들, 그리고 일요일의 고기요리를 위해서라면. 고기요리라는 말을 하면서 그녀는 다시 웃음을 지었다. 그녀는 내게 혹시 담배 있느냐고 물었다. 아니, 없어요, 나도 담배를 끊었어요. 그녀가 고개를 끄덕이며 말했다. "상관없어. 피우지 않겠어." 그녀가 잠시 생각에 잠겼다가 말했다. "하지만 어딘가 *아메리칸 스피릿*이 한 갑 정도 굴러다닐 거야. 어디다 뒀더라?" 나는 그녀에게 꽃집 옆에 있는 담배자판기에서 담배를 구해오겠다고 제안했다. 그녀는 잠시 망설이다가 괜찮다고 말했다. 나는 그녀에게 작별 키스를 했다. 꽃집 옆을 지나면서 혹시 내게 동전이 충분히 있는지 생각해보았다.

나는 이 생각에 저항할 수 없어서 주머니를 뒤져보았다. 동전이 있으면 담배를 사고, 없으면 사지 않는다. 이건 공정한 게임이다. 안 그런가? 50대 50이니까. 동전은 충분했다. 하지만 담배를 사지 않았다. 그 대신에 꽃집으로 들어가 장미 세 송이를 샀고, 다시 안네에게 가서 벨을 눌렀다. 그녀가 기뻐하는 모습이라니! 이 기회를 이용해 나는 그녀에게 혹시 하늘 양탄자를 볼 수 있을지 물었다. 안네는 매우 당황해했다. 그러더니 조심스럽게 말을 시작했다. "크레타가 가져갔어." 크레타가 그 하늘을 가져가다니! 갑자기 가슴이 쓰려왔다. 크레타가 그 양탄자를 다시 천장에 걸어놓고 다른 남자와 함께 누워 별들을 바라보고 있단 말인가? 안네가 내 팔을 잡았다.

"잘 들어. 이 말은 하지 않기로 했는데, 이제 더 이상 지켜보기만 할 수는 없을 것 같아. 네가 항상 크레타의 소식을 묻는다는 걸 크레타에게 털어놓았어. 그러면 그녀도 항상 네가 잘 지내는지, 글은 다시 쓰고 있는지 묻곤 했지. 하지만 난 그녀에게 약속했어. 그것을 네게 말하지 않기로. 크레타는 절대로 네게 이 사실을 말하면 안 된다고 했거든. 너도 그녀를 잘 알잖아."

"그러면 하늘은요?"

"다시 너희 집, 아니 그녀 집에 달아주었어. 내가 이걸 누설했다는 걸 알면 아마 나를 죽이려 들 거야. 크레타는 너를 다시 만나고 싶어 해. 그녀에게 조금만 더 시간을 줘. 내가 보기에 너희는 그야말로 음과 양이야."

이토록 기쁜 마음으로 안네와 작별한 적은 처음이었다.

그날 밤 나는 크레타 꿈을 꾸었다. 매미 울음소리가 황

혼녘의 대기를 흔들어놓고 있었다. 멀리서 바다소리가 들렸다. 나는 언덕 위의 외로운 집 앞에 홀로 앉아, 길거리를 배회하는 들개를 기다렸다. 하지만 그 들개는 나타나지 않았다. 매미소리가 멈췄다. 하늘이 별을 수놓은 검은 천처럼 보였다. 처녀자리가 보였고 사자자리도 뚜렷이 보였으며, 길거리를 배회하는 들개도 별자리가 되어 나타났다. 쌍둥이자리의 카스토르와 폴룩스만 보이지 않았다. 그러다가 내 머리 위에 드리운 하늘이, 쌍둥이의 팔 사이에 펼쳐진 천개天蓋라는 것을 깨달았다. 그때 갑자기 그녀가 나타났다. 그녀의 담뱃불이 밝은 빛을 냈다. 아무리 애를 써도 나는 그녀의 손과 얼굴을 볼 수가 없었다. 그녀가 앞에 있다는 것을 분명히 느낄 수 있었지만 그녀를 만질 수 없었다. 그녀의 얼굴에 손을 대려하면, 즉시 연기가 되어버렸다. 그녀가 내게 담배를 내밀었다. 나는 깊이 한 모금을 빨아들였다. 그 순간 담뱃불이 밝은 빛을 냈다. 다시 담배를 그녀에게 돌려주었다. 그녀도 한 모금을 빨고 다시 내게 담배를 내밀었다. 담배가 우리 사이를 오갔다. 그녀는 차분한 모습으로 분명히 그곳에 서 있었다. 그러나 내가 그녀의 보이지 않는 손을 잡으려 하면, 그것은 조금 전의 얼굴처럼 연기가 되어버렸다. 담배는 점점 타들어갔고 점점 짧아져갔다. 나는 절망을 느끼며 붉게 타들어가는 담뱃불을 응시했다. 죽고 싶지 않아. 그러자 갑자기 환한 대낮이 되었다. 나는 테라스에 앉아 빛을 바라보며 눈을 깜빡이고 있었다. 하늘은 푸르렀다. 중년의 남자가 태양 사이로 걸어왔다. 둥그런 빛이 그를 둘러싸고 있었다. 유행이 지난 목깃이 달린 셔츠를 입고 회색 수염 한가운데가 노랗게 물들어 있었음에도 그는 아주 말쑥해 보였다. 회색빛 머리카락을 머리 뒤로 빗어 넘긴 모습이었다. 검은색 눈썹 위 이마에서는 광채가 났다. 빛의 열기에도 불구하고 그는 땀을 흘리지 않았다. 왠지 낯익은 얼굴이었지만 누구인지 기억나지 않았다. 그가 살짝 몸을 굽히며 내 잠을 방해할 수밖에 없게 된 것을 용서해달라고 말했다. 잠은 인생에서 가장 아름다운 것이며, 특히 꿈도 없이 우리에게 내려오는 잠은 더없이 아름다운 것이라고 말했다. 그는 부드러우면서도 묘한 미소를 지었다. 나를 놀려대는 것처럼 보였다. 하지만 그가 다시 진지한 표정을 지으며 말했다. 내게 매우 중요한 것을 알려주겠다는 것이다. 엄청나게 중요한 것을. 그의 검은 눈이 벨벳처럼 빛났다. 하지만 그 눈빛은 왠지 슬퍼 보였다. 그가 잠시 침묵하며 나를 관찰하다가 날카롭게 소리쳤다. "담배를 피우라! 담배를 피우고 사랑을 하지 말라! 담배를 피우고 사랑을 하지 말라!" 그는 이 말을 여러 차례 반복했다. 여러 차례, 수차례, 마침내 내가 담배를 향한 심한 갈망을 느끼며 잠에서 깨어날 때까지.

실로 너무나 기묘한 꿈이었다. 잠에서 깨어난 직후에도

그것이 마치 현실이었던 것처럼 느껴졌다. 곧 사라져버렸지만, 강렬한 인상만은 여전히 그대로였다. 오히려 그 인상은 시간이 갈수록 메아리의 반향처럼 점점 강해졌다. 담배를 피우고 싶다는 갈망이 끓어올랐다. 참을 수 없을 것 같았다. 담배를 피울 적에도 아침식사 전에는 좀처럼 담배를 피우지 않았던 나였다. 하지만 오늘만큼은 간절히 담배가 피우고 싶었다. 다행스럽게도 집 안에는 담배가 한 개비도 남아있지 않았다. 결코 자리에서 일어나서는 안 된다. 침대를 떠나면 패배하는 것이다. 그렇게 되면 나는 파자마 위에 셔츠와 바지를 대충 걸쳐 입고 담배자판기로 달려갈 터였다. 나는 카세트 레코더를 틀어, 며칠 전 편집해 놓은 체호프의 일인극 「담배의 해로움에 대하여」를 들었다. 15분가량의 짧은 길이였다. 가엾은 이반 이바노비치 뉴친이 이렇게 외쳤다. "나는 애연가다. 하지만 나의 아내는 내가 오늘 담배의 해로움에 대해 이야기하기를 바란다. 그리고 이 테마에 대해 아무도 반론을 제기하지 않는다." 이반은 이 부분을 통해 담배의 해로움만 제외하고 거의 모든 문제에 대해 이야기를 늘어놓았다. 처음에 그는 자기 자신에 대해 비난을 쏟아 놓는다. 그는 러시아 문학에서 흔하게 볼 수 있는 자기비난의 대가 중 한 사람이다. 나는 이 테이프를 수차례 돌려들었다. 내용을 줄줄 외울 지경이었다. 그럼에도 불구하고 이 이야기는 여전히 내게 새로운 즐거움을 선사했다. 이반의 이야기가 끝날 무렵, 담배에 대한 갈망은 어느 정도 누그러졌다. 침대를 떠날 용기도 생겼다. 나는 옷도 거의 걸치지 않은 채 담배자판기로 달려가는 대신, 차분한 마음으로 부엌으로 향했다. 그릇 위에 놓인 말린 과일들을 덜어내고, 커피메이커를 작동시킨 후 샤워를 했다. 물줄기 아래 서서 파울라의 피드백 비법을 시험해보았다. 미소를 짓고 휘파람을 불고, 휘파람을 불고 미소 짓는 동작을 거듭 반복했다. 흥미롭게도 두 가지를 동시에 하는 것은 불가능했다. 탈모가 진행된 정수리 부분까지 포함하여 조심스레 머리를 감는 와중에 샴푸가 눈으로 들어갔다. 눈이 매웠다. 나는 갖은 짜증을 부리며 욕설을 퍼붓기 시작했다. 젠장, 피드백 때문이야! 아침에 휘파람을 부는 새는 저녁에 고양이를 만나기 마련이지. 그러다 퍼뜩 꿈에 나타난 그 사람이 누구였는지 기억이 났다. 수건으로 몸도 닦지 않고 목욕가운을 걸친 채 방으로 달려가 『제노의 의식』을 펼쳐들었다. 분명했다. 거장 이탈로 스베보였다.

"담배를 피우고 사랑을 하지 말라!"

그러나 나는 그의 말을 듣지 않을 것이다. 나는 크레타를 다시 만나러 갈 것이다. 그녀는 여전히 그녀의 3x3의 로트 핸들레를 피우고 있을 것이다. 아침에 세 대, 점심에 세 대, 저녁에 세 대. 우리가 다시 만나게 되면 그녀는 아마도 담뱃갑을 톡톡 두드려 담배 한 대를 꺼내 권할 것이다. 하지만 나는 이제 오래 사귄 여자친구, 흘러간 옛 애인, 이혼한 아내를 만날 때마다 다시 담배를 시작하는 일 따위는 결코 하지 않을 것이다. 심지어 크레타를 만날 때에도. ― 아니, 이것은 아무래도 상상할 수 없는 일이다. 나는 그녀에게 굳건한 내 인내심을 보여줄 것이다. 크레타는 오히려 그런 내 모습을 좋아할지도 모른다. 나는 크레타의 눈을 들여다보며 차분히 말할 것이다. "고마워, 크레타. 하지만 이제 나는 담배를 피우지 않아." 그러면, 어느새 그녀 눈 속에 담긴 호박빛 점이 영롱히 빛나기 시작할 것이고, 어떻게 대답할지 몰라 당황해하던 얼굴에 미소가 번질 것이다. 물론 그녀는 내 말을 믿지 않겠지만. 하지만 상관없다. 중요한 것은 그녀를 다시 만나는 일이니까.

자. 그 전에 미리 마지막 담배를 피워두는 것은 어떨까? **친애하는 여성독자**와 **경애하는 남성독자**들께서는 어떻게 생각하시는지? 비스트로 장 니코의 탁자 위에 놓여 있는 담뱃갑 안에는 아직 마지막 담배가 들어 있지 않은가? 내 이야기는 이제 끝났다. 하지만 아직 마지막 담배를 피울 시간은 남아 있다. 그러면 상 오노레 가로 다시 돌아가 볼까? 용기를 내어 비스트로로 들어가서 웨이터에게 불을 달라고 주문하고는 ― 화난 눈길로 노려볼 테면 보라지! ― 당신들과 함께 내 최후의 '마지막 담배'를 피우는 것이

다. 그러고 나면 모든 게 끝이다. 나는 이미 비스트로의 문
고리를 손에 잡고, 유리문을 통해 그림 속 장 니코의 커프
스 목깃을 바라보고 있다. 그때다. 비스트로의 웨이터가
내 담뱃갑에서 마지막 담배를 꺼내 성냥을 켜 불을 붙이
고, 연기를 깊이 빨아들이는 게 보인다. 그가 만족한 표정
으로 담뱃갑을 바라본다. 짤막한 문구가 그의 눈에 들어온
다. ❦

> 의사나 약사가
> 당신의 금연을
> 도울 수 있습니다.

감성을 사로잡는 유쾌한 중독
사랑과 유머 가득한 금연 분투기

안드레아스 슈나이더
_다스 보르트라이히

"나는 가십을 담당하는 기자가 폐암으로 휴직하게 되는 바람에 그 자리를 물려받았다. 그 기자는 담배를 끊고 방사능 치료를 받았는데, 치료가 끝나고 머리가 자라나기 시작하자 다시 담배를 피웠다."

브루노 프라이젠되르퍼의 『마지막 담배』 98쪽에 나오는 문장이다. 그는 나에게 독자로서 이 책을 음미할 충분한 시간을 주었다. 등장인물들의 유별난 기호 때문에 낄낄거리고 박장대소하면서 아주 유쾌한 마음으로 마지막 장을 덮을 수 있었다. 나아가 이 책은 소설 속 인물들처럼 담배를 계속 피울 것인가, 혹은 끊었는데 다시 피울 것인가를 고민하게 만든다. 담배연기에 휩싸인 채 악마적인 딜레마에 빠지게끔 말이다.

담배를 피우지 않는 사람은 아마도 이런 심정을 제대로 느끼지 못할 것이다. 또 여러 가지 중독증을 치료하는 일을 업으로 삼고 있거나 중독이 얼마나 나쁜 것인지 널리 알리는 일에 종사하는 사람들도 이해하지 못할 게 분명하다. 일찌감치 흡연을 시작한 청소년들은 배를 잡고 웃으면서 담배를 끊으라고 다그치는 일이 얼마나 쓸데없는 것인지 목소리를 높일 것이다. 어쩌면 금연은 마크 트웨인이 "나는 백 번 시도한 뒤에야 담배를 끊었다"고 말했듯 '정말' 간단한 일인지도 모른다. 이미 금연을 시도해 본 적 있는 흡연자들은 최소한 98쪽을 읽으면서부터 웃음을 터뜨릴 것이다. 목에 담배연기를 가득 채우면서. 프라이젠되르퍼는 결코 도덕군자인양 행세하지 않는다. 절대 아니다. 그는 소설 처음부터 끝까지 그런 짓을 하지 않는다. 오히려 니코틴을 찾아 혈안이 되거나 코 밑에 담배를 비벼대는 모습을 더 자주 보여준다. 죽음이 담배와 우리를 갈라놓을 때까지.

프라이젠되르퍼가 묘사한 그 많은 흡연가들 중에는 전처도 있고 애인들도 있다. 그들은 어쨌든 모두 담배를 피웠다. 그는 특히 등장인물들 묘사에 많은 애정을 쏟는다. 간간이 유명한 철학자나 작가의 일화까지 곁들이기도 한다. 숱한 시행착오를 거친 금연 편력, 오해, 일상적인 문제들은 모두 우리가 인생에서 가차 없이 마주치게 되는 것들이다. 문제는 이것이다; 내면의 흡연자, 내면의 비흡연자.

작가이면서 저널리스트이자 비평가이기도 한 프라이젠되르퍼는 문학에 자신의 현실을 아주 촘촘하게, 성공적으로 반

영했다. 아주 매력적인 부분이 아닐 수 없다. 독자로서 나는 그가 묘사한 여러 명의 여인들에게 호기심이 생긴다. 사랑 이야기를 다루는 부분은 혹시 자전적인 내용이 아닐까? 현실에서 혹은 과거에서.

프라이젠되르퍼는 소설 속 소설로 장 니코의 이야기를 다룬다. 그는 16세기 중반에 활동한 실존 인물이다. 그는 실제 외교관으로서 포르투갈에 주재했다. 포르투갈과 프랑스 왕가 사이의 혼인문제를 중재하고, 담뱃잎을 발견하여 유럽 사회에 도입하기도 했다. 물론 니코의 이야기에도 허구가 끼어든다. 하지만 이것은 역사소설을 쓰기 위한 일종의 도구다. 그냥 시도일 뿐인 것이다. 어쨌든 프라이젠되르퍼는 장 니코의 외교술에 힘입어 역사상의 위대한 여인들, 바로 카타리나 카스티야, 카트린 드 메디시스, 엘리자베스 여왕 등을 우리 앞에 끌어낸다.

브루노 프라이젠되르퍼의 여인들은 카르멘, 파울라, 안네, 필리네, 그리고 크레타다. 소설 속 화자가 밝혔듯 크레타의 이름은 진짜 크레타가 아니다. 하지만 작가는 드라마적인 요소에서, 어쩌면 그밖의 다른 이유에서 본명을 밝히지 않는다. 과연 이 소설은 행복한 결말을 맞을까? 크레타, 역사소설의 주인공 장 니코, 그리고 그의 연인들은? 이는 독자 여러분의 상상에 맡긴다.

여자와 문학과 담배가
빚어내는 애증의 삼중주

　금연의 물결이 애연가들을 광장에서 밀실로 내모는 가운데 담배를 소재로 한 산뜻하고 지적인 소설이 독일에서 출간되었다. 『마지막 담배』라는 제목과 달리 이 소설은 담배의 해로움을 역설하는 금연소설이 아니다. 담배의 마법적 매력을 예찬하는 소설도 아니다. 작가 자신이 부제에 명기했듯이 소설은 사랑을 주제로 한 일종의 '연애소설'이다. 여자와 문학과 니코틴을 향한 사랑, 그리고 모든 사랑의 필연적 소산인 갈등과 애증의 문제가 이 소설의 축을 이룬다.

　『마지막 담배』는 '나'라는 익명의 주인공과 그를 둘러싼 여섯 명의 여인을 중심으로 전개된다. 작가 브루노 프라이젠되르퍼는 이들의 성격을 개개인의 독특한 흡연습관을 통해 묘사한다. 직접 말아 피우는 담배에 중독되어 집안 전체를 작은 담배공장으로 만들어버린 멜라니, 담배를 끊기 위해 열흘간 흡연량을 몇 배로 늘리는 카르멘, 주인공과 함께 담배를 모티브로 한 소설을 읽다가 흡연의 늪에 빠진 필리네, 다양한 금연요법에도 불구하고 담배를 끊지 못하는 예술가 안네, 뛰어난 능력과 지성의 소유자이나 정신분열증적으로 담배에 집착하는 변호사 파울라, 3x3 방식을 고수하며 규칙적으로 담배를 피우는 전처 크레타. 이들을 둘러싼 사랑 이야기는 물론 크고 작은 에피소드들도 담배를 매개로 그려진다. 작가는 이처럼 인물의 성격과 사랑의 갈등을 담배라는 모티브에 연결시켜 섬세하게 그려냄으로써 시종일관 독자를 미소 짓게 한다.

작가는 문학을 향한 사랑 역시 푸른 담배연기를 연결고리로 그려낸다. 주인공은 어린 시절 갈댓잎에 불을 붙여 돌려 피우는 코만치 놀이를 하다가 심각한 정신적 육체적 외상을 체험한 후, 고통스러운 현실세계 대신 허구적인 문학세계에 발을 들여놓기로 결심한다. 그러나 몇 차례 쓰라린 실패를 경험한 뒤 신문기자가 되고 뒤늦게나마 '인생의 의미'를 찾기 위해 전업 작가의 길로 들어선다. 그가 새로운 도전의 발판으로 삼은 것은 장 니코의 일대기를 소재로 한 역사소설이다. 장 니코는 유럽에 담배를 확산시켜 훗날 이 식물의 주요 성분에 니코틴이라는 이름을 붙이게 만든 장본인이다. 작가는 그의 일대기를 '소설 속의 소설'로 진행하면서 독자의 지적 호기심을 일깨우고 충족시켜준다. 또한 사르트르, 프로이트 등 담배와 더불어 살다가 담배 때문에 죽어간 유명한 사상가들의 에피소드, 이탈로 스베보의 소설 제목이자 주인공으로 끊임없이 '마지막 담배'를 피워댔던 제노 코시니, 담배

광고 덕분에 스타가 되었다가 폐암에 걸려 사망한 말보로 맨 웨인 맥라렌 등은 소설의 풍미를 더해주는 양념이다.

하지만 『마지막 담배』가 2006년 프랑크푸르트 도서박람회에 발표된 즉시 독자들의 반향을 불러일으킨 데에는 더 커다란 원인이 있다. 바로 일상의 삶을 따스한 시선으로 그려내는 작가의 유머와 섬세한 필치다. 그동안 독일문학은 진지한 성찰의 '깊이'와 이상의 '높이'를 바탕으로 세계문학사에 중요한 위치를 차지해 왔다. 그러나 그 때문에 외려 지상의 삶과 동떨어졌다는 느낌을 주었던 것도 사실이다. 프랑스, 이탈리아, 스페인어권의 문학이나 영미문학과 비교할 때 그런 특성은 더 두드러진다. 이는 봉건적 압제, 두 차례의 패전, 분단으로 점철된 독일의 근대화 과정이 독일 작가들과 지식인들에게 인간의 삶과 역사에 대한 심각한 문제의식을 요구했기 때문일 것이다. 하지만 통일 이후 독일문단에 등장한 신세대 작가들은 전통적인 '심각함'과 '진지함'을 떨쳐내고 인간의 지상적 삶에 섬세하게 다가가고 있다. 이들은 흥미로우면서도 경박하지 않은 문학작품을 통해 독일문학의 경향적 변화를 선도하는 중이다. 『마지막 담배』는 이런 경향을 보여주는 작품 가운데 하나다.

이 소설을 번역하는 동안 나는 거의 매 페이지마다 미소 지었다. 때로 소리 내어 웃기도 했다. 그리고 무엇보다 담배의 문화사에 대해 돌아보고 담배의 의미에 대해 성찰해보는 계기도 가질 수 있었다. 고백하건대 나 역시 이 책의 번역을 끝내는 시점에서 담배를 끊어야겠다고 생각했다. 하지만 여기 등장하는 거의 모든 인물들처럼 마법사 지니가 피워내는 푸른 연기의 사슬에서 완전히 풀려나지 못했다. 지금 내가 가장 하고 싶은 일은 이 소설에 나오는 흡연기호를 자판에 두드리고 나서 맛있게 담배를 한 대 피우는 것이다. ---- ~

2007년 가을 저녁, 서재에서

안성찬

저자 **브루노 프라이젠되르퍼**

1957년 아쉬아펜부르크에서 태어났다. 베를린에서 발행되는 잡지 〈치티〉와 정기간행물 〈프라이버이터〉의 편집인으로 일했다. 현재는 신문 잡지의 자유논객으로, 전업 작가로 활동 중이다. 작품으로 『황제의 기술로서의 국가건설』(2000), 『고향을 떠나며. 독일 이야기』(2001), 『명예를 훼손당한 행복』(2006), 『복수』(2007) 등이 있다.

옮긴이 **안성찬**

서강대 독문과와 동대학원을 졸업했다. 독일 레겐스부르크 대학에서 독문학, 철학, 예술사를 연구하고 모교에서 박사학위를 받았다. 현재 중앙대 '한독문화연구소' 전임연구원으로 재직 중이다. 저서로 『이성과 감성의 평행선』, 『숭고의 미학』 등이 있고 『신화』, 『승리와 패배』, 『납치된 공주』 등의 책을 번역했다.